诗收获

2019年冬之卷

李少君
雷平阳
主 编

长江出版传媒
长江文艺出版社

诗收获

2019年冬之卷

编委会

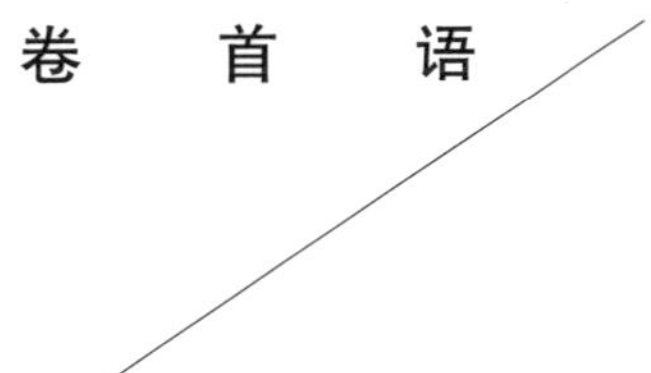

卷首语

画家陈流赠送我一幅画，画的是桉树。静观这幅画时，想起博尔赫斯的诗作《诗的艺术》中的一句：“既是自身又是他物。”所以，这幅画我在视其为桉树的时候，也将其看成了风暴卷走狮子后留给我们的“狮子绵密的肌肉组织”。当然，也可以把它看成“神的影子”或者“不为人知的植物”。

我阅读诗歌时，尤其喜爱某些复杂的甚至混乱的作品，大堆的线头糅合成线团，打散开来就有满地的开始与结束；除夕之夜的厨房里，母亲把一年来积存下来的她认为可以端上桌面的美食全部烹制完毕，互不呼应，滋味杂乱，色彩各异，唯其如此，也才能将天各一方的一家人全部召唤至同一张桌子的周围，“盛宴”也才因此得名。但在自己的诗歌写作中，或许是因为缺少融汇之功，在繁杂与空间众多的语言系统内找不到俯视它们的瞭望塔，丧失脱身或飞升的能力，完成或未完成的作品也就倾向于在客观的事物本体发现未知，于相对纯粹的“私有”祖呈“万有”，或反过来。可供使用的空间自然因此而减少，一个或者两个，甚至动手去填平突然多出来的空间。桉树即桉树，能至“他物”中的一或二，还不够吗？如果一棵桉树出现了九个影子，即使在诗歌中，我也会受到惊吓，因为这会让人联想到九个灵魂在共用一具肉身。

由“我”而及“他物”，可以让万物独立，亦让万物分别按自己的“愿望”抵达属于它们的深度或高度。而我们现在的写作现场上，众多的写作者，无论以什么作为写作对象，有意识或无意识的，都总是在写作的过程中，将笔触转向“自我”，凡是所思和所见之物，“我”无疑都会跳出来发表观点，只有“我”，没有“他物”，诗作也就因此而千篇一律。

2019 年秋，昆明

诗收获

2019年冬之卷

目录

季度诗人//

组章//

诗集诗选//

域外//

推荐//

中国诗歌网作品精选//

评论与随笔 //

赤壁诗辑 //

季度观察 //

王建

《白鹤滩》

水彩・粉画

110 × 150cm

季度诗人

张曙光诗选

/ 张曙光

张曙光，1956 年生于黑龙江省望奎县。诗人、翻译家，原为黑龙江大学文学院教授。著有诗集《小丑的花格外衣》《午后的降雪》《张曙光诗歌》《闹鬼的房子》等，译诗集《神曲》《切 · 米沃什诗选》，评论随笔集《堂 · 吉诃德的幽灵》等。

有鱼缸的诗或悼念阿什贝利

我们又该如何逃避不可知的命运？
即将到来的日子终将变得混乱。
车身一路晃动，颠簸，融入未知的风景。
当你向远方眺望，却什么也看不到。
此刻阳光透过窗子照射在鱼缸上
游动着的鱼看上去像透明的暗影。它们是在思考？
又会想些什么？我忘记了钥匙。院子里的菊花开了。
九月即将过去。然后又是一年。完美的循环。
时间的机车轰隆隆穿过黑暗的隧道
（是否会重新回到这里？）我们演示着同样的事情：
起床，洗漱，便溺，进餐，诸如此类。
日子重复着，细节令人厌倦。生活也是。
早些时候阿什贝利死去。他活到了九十岁
仍然有同性伴侣陪伴着他。此外
他还是个酒鬼。但我喜欢。他的履历表
如今变得完整。但死亡不是终结而是开始。
他是否愿意再试一次，证明着永恒只是
无休止的重复，毫无意义地为存在提供着
不断增多的证据。我推崇极简主义
（譬如冬天，最大限度地删除掉颜色。）
另一方面，秩序只是出于人为的设定
而繁复、无序和混乱，也许更加接近
事物的本质。是的，阿什贝利死了
他不再为我们优雅地跳着格子。灵魂溢出
哪里是它的归宿？让我们拉响汽笛
它将一路上伴随着我们。一切将会继续
没有什么会因此而改变。我们都是时间的祭品
注定得不到任何补偿，尽管看上去
房子是那么美好。它如今变得安静，像只狗
等待不再归来的主人。那间密室

已经开启，但里面空无一物。公园里
小女孩为走失的布娃娃哭泣。但有谁会替它
给她写信，安慰着她？我们走来走去，用行动
证实自己的存在。而在那个旁观者的眼中
我们只是鱼缸里的鱼，游动，进食
他注视着我们，就像猫盯着那只鱼缸。

这个夏天我没有读陶渊明

这个夏天我没有读陶渊明。
但这个夏天仍然下雨。
小路两旁的玫瑰和鼠尾草仍然开放。
街道仍然拥挤。情人们仍然拥抱。
在公园的长椅，地铁站和报亭旁。
这个夏天我没有读陶渊明。
但我仍然每天推着轮椅上的妻子
在小区散步，或是去超市购物。
我仍然写诗。仍然不被人们看好。
我仍然咳嗽。青草仍然生长。
割草机的声音仍然响个不停。
生活仍然美好，像歌中唱的那样。
但我没有读陶渊明，尽管我仍然爱他。

帕多克从三十二层楼上向露天音乐会开枪

又一次我们被抛进雪的深谷。写诗
是一件奇怪的事情。这并不好笑。
那个早晨，我在读一本书，有关现代性的
一切坚固的东西都烟消云散了。我茫然。
但 AR15 自动步枪的点射震惊了我。
事实上，帕多克并不是一个人。
他也许只是 59 人中的一个，或

515 人中的一个。或更多的人。
我相信人性的美好，但它不时会滑向
相反的一端，譬如恶魔，譬如那个枪手。
这是一只烟斗。撒旦不是他唯一的名字：
譬如纳粹，譬如恐怖分子，譬如僵尸——
僵尸还是丧尸？他们向我们涌来，蹒跚
在街上，田野，在每一条通向未来的路上。
一群学步的孩子。橱柜里的一只旧袜子
带着上个夏天的气味。发生了什么？
那个日子浸透了血，但仍是平常的一天。
思想过于奢侈。爱情也是。月亮升起
像一个征兆。它是红色的。像那片沙漠。
这也是一部电影。但在三十二层的高度
他看到了什么？当人们蚂蚁般四处逃窜着
是否会找到上帝的感觉？或许这也是
天堂到地狱的距离。但人性的黑暗
远远深过这些。Where have all the flowers
gone？它们像鸟儿一样飞走了？
天堂过于拥挤。地狱也是。死者们的灵魂
栖息在树上，摹仿着鸟儿们的歌唱。
烛光中，雨点密集地落下。像子弹。

纳博科夫的蝴蝶

纳博科夫喜爱蝴蝶。他捕捉
并杀死它们。他把它们做成标本
钉在纸板上。这是否在告诉我们
爱是一件残忍的事情？早餐过后
我清洗着碗筷。大海在远处发蓝。
它沉默。我听不到它的声音。也许太远了。
我听到的只是自来水管发出的哗哗声。
我喜爱海。但我无法捕捉

并杀死它。我无法把它做成标本
钉在纸板上。爱有不同的方式。
美也是这样。大海在远处。发蓝
并沉默。我知道它仍然活着。
它沉默着。但我知道它愤怒时的样子。

关于上帝

他们说你无处不在。但你是一片空白吗？
你的存在是为了让世界更广阔地展开，像桌布？
如果一切都是宿命，那么你是否也是？
当我们在上面摆放着美丽的花瓶和水果，或
精致的茶具和甜点，你是否也在？在
意味着在场。但我找不到你。到处。这是隐身
还是缺席？这个周末下雨。上个星期也是。
窗子上有薄薄的雾气。我看着鸟儿在雨中飞行。
在你的眼里，哪一个更加可爱？我和鸟。毫无疑问
不会是我。他们说你创造了这个世界
能否告诉我这是为了谁，或为了什么？就像这座房子
让我们进进出出？在里面我们出生，然后死去。
我读着福音书。我知道这个世上没有奇迹
除了你。但谁能给我们确切的证据，证明着
你的存在，你的或我们的。或他们真的谋杀了你
一具被隐藏的尸体，一个被湮灭了证据？
我们熟知阴谋论，当然。但我感觉糟透了。
每天我都看见贫穷、杀戮和死亡，像一部电影
在无限地延续。请告诉我，这些真的起因于
我们偷吃了那颗果子？这一切又是出自谁的安排？
我错生了时代。而你，只是一个导演，冷冷地
看着一切上演，然后安排出最后的结局？

夏天的神话

八月。树上结出五颜六色的阿拉丁宝石。
它们很快会腐烂。岁月混杂着死亡和泥土的气息。
我祈祷奇迹的发生。手从消防栓中伸出。砖墙上满是污迹。
雨仍然没有下。它在执拗地定义着干旱。

现在夏天过去了一半。衬衫的领口被汗水渍得发黄。
装作没有任何事情发生，但比分宣告着输了这场比赛。
我们脱掉了上衣（或更多），不光是因为天气酷热。
练习着修辞，却忘记了怎样说话。

虚无的资产在无限增长。
老庞德梦见米诺陶倒吊在晾衣架上。两次。
他不是先知。雪是黑色。下在星期五。保罗・策兰的牛奶。
当夜晚变得温顺，咖啡喝起来有一点点苦。

我们追着生命奔跑。但被一支牙签绊倒。
最后的玩具轮渡开走了。钢琴被折磨着发出呻吟。
食人鱼用羽毛装饰着自己。时间在身体里变老。
去年的雪冻在今年的照片里。它的牙齿在闪闪发亮。

隐匿的存在

傍晚让草地变得窄小。像一扇门。
事物簇拥着带有亲密的敌意。
我一点都不喜欢做梦。我宁愿醒着
凝视着天花板沉思，和空气聊天，或
透过黑暗看着那些隐匿的存在。
时间是生命的灰烬。真理一经说出
就会变成空洞的句子。我的外衣
有几点油渍。在小饭馆早餐时留下的。

冰箱里的牛奶变灰，而桌上的瓶花枯萎。
从存在的意义上讲，它们仍然是自身。
但殡仪馆的死者还是吗？我们被黑暗环绕。
隐喻还是叙事？吸血鬼在水族馆中出没。
他们在上个月得了忧郁症。我并不忧郁。
我习惯了一个人思考。像脚在地板上滑动。
猪安上了翅膀，但只是安上翅膀的猪。
除非它被鬼魂附体，像《新约》中所讲。
我承认愚蠢。我看不见那件新衣服。
谎言一再重复着，但玫瑰花仍然美丽。
带刺，开在屋前的篱笆旁。一切看上去很好。
我们此刻要做的：拉上百叶窗。避开摄像头。
谨慎投资。小心 P2P 陷阱。在蛋糕上燃起蜡烛。
我们起立，唱起了生日歌，然后切开
献祭者的身体。一只风筝在窗外飘荡。
是的，生活中到处都是快乐，多过风险。

在最后的日子

从公众身上我看到自己的愚蠢。大雨倾泻。
椅子挤满天空。就像是堵车，或一场重大的
群体性事件。我的心是废弃的仓库，空荡荡的。它的门
不会在风中敞开。但花坛的花开了。毫无惧色
仿佛一个处于叛逆期的孩子。乳白色的雾气
从草地和叶子上浮起。空气中没有影子。列车
轰响着从桌布上穿过。它将不可避免地驶向
时间的尽头。生活是一个舞台。小丑们争着扮演
各类角色，但仍然是小丑。奇迹总是被夸大。
孩子们学着吐泡泡。历史是一堆堆文字，刻在
石头或竹子上，或写在帛、羊皮纸和莎草纸上。
我活着哪怕洪水滔天。动物们变成和平主义者
温驯地等待着最后的结局。蝴蝶在做梦。在梦里

它变成了庄子。庄子是一个村落吗？脸庞，村庄。
瓦尔达，瓦伊达，阿伊达，阿凡达。一切都很美好。
但它会被淹没吗？谎言还是真理？如果你说是，或否。
我听见风的叹息。你的新衣服很美。这关乎未来
你的，或我的，天气。船从地平线升起。它承载着
过多的期望。它只是一个词吗？或一个寓言？
咸鱼吊在屋梁下。鸽子被烤熟，翅膀仍然张开
展示出飞翔的姿势。群山变得低矮。大地一片荒凉。
怎样才能阻止荆棘的脚步？它占据了太多的公共空间。
现在夜晚到来，它忧郁的舌头湿漉漉地耷拉着
像因犯错而受到惩罚的孩子。但没人会注意这些。

抵达之谜

纪念奈保尔

秋天是死亡的季节。果子一颗颗落下。
缓慢而孤独，像一个个删节号。
风吹过草丛。波斯菊起伏摇摆，像是
悬浮在空气中。阿丽尔张开近乎透明的翅膀。
她渴望着自由。却不知道如何到达那里。
但你抵达了。你化身为虚无，却融入了永恒。
那里是一片蓝色的海湾，毕斯沃斯先生的房子
也许还矗在那里？但你真的抵达了么？我怀疑。
对于生命，我同样不抱希望，但也不会绝望。
死亡是一扇门。没有人知道它通向哪里。
今天早上，我在听斯特拉文斯基。《春之祭》
或其他什么曲子。当我散步时，看见一只狗
抬起一条腿在树根上撒尿。它是要以此记住
回家的路，还是要给世界留下自己的印迹？
对这个世界我一无所知，包括对自己。
写作，不是告诉别人我们知道些什么，而是
表达自己的困惑、愤怒和忧伤。但我不会为你难过。

你去了所有人都会去的地方，无论好坏。
在这个尘世你得到的足够多。但它们留下。
你的名声、才华和坏脾气，以及若干本书。
它们将随着树木和石头腐烂。秋天是死亡的季节。
你抵达了那里，带走了谜，留下伤口。
果子一颗颗落下。流星划过。天空澄澈而美丽。

失明的夜晚

献给基弗

夜晚的卷心菜长满蚜虫。
大地的耳朵被塞上了蜡。俄狄浦斯消失。
沙子像雪。它们是死去的时间，确切地说
是时间的灰烬。无人认领骨灰瓮。谁在哭泣，或是在笑？
风吹过甬道。火烛发出的噼啪的低语
加剧着天空的暗蓝色和餐桌上的阴谋论。
天空一片泥泞。谎言是真理正在显影的底片。
当盒子被打开，却发现里面什么也没有。
又该用什么抚慰我们的心灵？它像被丢弃的鞋子。
西红柿溃烂了，厨房发出呕吐物的气味。
怪兽躲在柜子里，带着锋利的爪子。这不再是秘密。
蓄水池干涸。瓶花枯萎。梯子在虚空中竖起。没有人
在玩纸牌游戏。你在黑暗中凿出一扇窗子。
仍然是黑暗。一只猫弓着身子走过，融化在其中。

对抗冬天

鞋子寻找着脚。洒水车和雨伞一道
分享着夏天。现在天气变凉了
动物们开始考虑着过冬的问题
这也许是生存的必要条件，或阶段
这也是我们应该思考的，严肃

或漫不经心。树的枝条变得僵硬
或干枯。比起人类，它们更加具有
自觉性，而较少历史意识。我知道
这会是一个沉重的话题，几乎和生存
一样沉重。但现在还有足够的时间
修缮我们的房子——就像童年时那样
抹墙，封闭好门窗——散步，写几封信
但没有地址。然后坐在窗前，看着
一场大雪铺天盖地般下着，像死亡

阅读拉康。我的房间缩小，或变得辽阔

夜完美得像一个谎言。我和一盏台灯谈着恋爱。
它发出淡黄色的光晕，圆润像维纳斯的乳房。
梦眷恋着一本书，摊开，在书桌上。这让我感到困惑。
仿佛黑暗中有什么东西，侵袭围困着我的房间。
事实上它被一束光亮所分割。分割，或是分隔。
一只眼睛浮现。在空气中，冷漠地望着我，似乎
下一个瞬间我会变成猎物。我们将如何把握现实？
星星们是否会从天花板上垂下，砸伤我们的脚趾？
或是雪，迟疑而漫不经心地洒落？而螺旋式的楼梯
将会深深地嵌入历史的伤口？时间的永动机疯狂运转
尖叫声撕裂升降台上的画布。我思考着如何对薛定谔的猫
解释相对论。粉红色的小舌头舔着桌上的棋子。
谁在喃喃自语？当语言被取消，死亡成为唯一的言说方式。
影子投射在墙上，移动，直到风景从上面剥落，变得透明。

冰川

在纷繁的事物中，我最终选择了滑板。
我从一个冰川滑向另一个冰川。
被赋形的虚无。白色梦的倒影。

有人给了我一盒巧克力，我爱上了上面的图案。
帕吉特赞美俄亥俄牌火柴，他不知道任何火柴都能点燃森林
没有人在乎你看到什么，或想到了什么。
街道两旁排满汽车。枯黄的叶子落在上面，像是一种伪装。
穿迷彩服的少年变老。树木墓碑一样生长。
他们早已和敌人和解，或代替了敌人。
每个人都是孤独的。每个人都是一具实体 / 尸体。
活着意味着冒险，无论你是否情愿。
流言，陷阱，沟壑。我早就洞悉了人性的黑暗。
只是我的敌人并不高贵，这让我感到郁闷。
世界是我的伤口。或者倒过来，我是世界的伤口。
它仍在流血？我在空白中治愈着自己。
时间呼啸而过。在陡然的上升与下降中体验着快感。
雨点落在沙地，溅起灰尘。没有人看见。

秘密

秘密总是有待于发掘。树枝细密的网
正在无助地过滤着天空。空杯子发出鸣响。
鸽子的心是颗红宝石。它用来细数雨滴。
面具住在墙上，努力临摹着各种表情。
致力于色情服务业，木偶们的身上涂满了油彩。
当陌生人成群地穿过原野，他们是在寻找着什么？
对于永生者，永生的恐惧远远超出死亡。
蜡染的梦总是被打断并不是我的错。
花园里长满了杂草没有人剪除并不是我的错。
我们需要足够的耐心，或爱心。或许。
奥哈拉换了个新头型。肯尼斯 · 柯克扯坏了麂皮内裤。
抽屉拉开了。一个夏天结束。它消毒水的气味
仍然残留在那册旧影集里。一双拖鞋无声地
穿过客厅。尖叫声刺穿了穿衣镜，治愈着
夜晚的失眠症。天空有着橘子酱的颜色。

可尝起来似乎并不那么可口。雨在沉睡。
谁来安慰我的玻璃心？对这个世界我一无所知。
一无所知而且一无所有。那个纸折的小船
能否带我们横渡大西洋？今天天气看上去很好。
他说，能不能告诉我哪条路通向伊斯坦布尔？

人称混乱的叙事

看上去圈子的确小了些，只容得下少数几个人
因此他渴望走出去。然而告诉我，是什么在诱惑着他
女人，食物，风景，或世界的广阔？我心狂野
但仍无法和宇宙相比。这些都是美的女妖幻化而成？
我们置身其中，迷恋着诱人的曲线和纷乱的色彩
在同一个空间里做着不同的梦。但醒来时又会怎样？
我们是否还能回到原点？那里有些什么？也许圆圈之内
只是无物。我不会飞行，也不会重新装扮成
那个木讷少年，纯真而羞怯。当年的女孩已经嫁人
或满头霜雪。未来难道不是一个陷阱？它张开蜘蛛网
在迎接着你。雪白的胴体。光滑的丝。血液
开始在哗哗流动，仿佛呼应着来自远方的呼唤。
美丽的咒语被一遍遍念出。一个夏天很快过去
一个夏天或很多夏天。现在似乎是冬天了。
时间堆积起厚厚的尘雪。后来的旅行者们，是否会从中
发现一具具白骨，你的或他人，但没有什么不同。

一首诗

一首诗有时不是一首诗。它是一座山。
你得用尽全力才能
达到峰顶。透过云雾，也许
什么也看不见。

一首诗有时不是一首诗。它是一条河。
仿佛是在忘川，你让小船在逆流而上。
或躺在船上，望着天上的云朵
任随波涛把你带到哪里。

一首诗有时不是一首诗。它是一片原野。
长满荒草，或到处布满了瓦砾。
你在远古的废墟上
盖起你的小房子。

一首诗有时不是一首诗。它是一块石头。
它击中了你，正像你当时用来
击中别人。现在一切变得安静了。
你在上面雕刻出人形。

晨歌

多么美好的一天。妙曼的天空用黄油涂抹过了
下一刻就会放进烤箱。一只鸟在我的挡风玻璃上拉屎
然后匆忙飞离了案发现场。餐馆的女招待把我的早餐
砰的一声扔在了桌子上。她的屁股圆鼓鼓的，似乎里面
塞了很多钱，但我知道没有。我总是感到愤怒。我不知道
平行宇宙中另外的我是否也会这样。透过玻璃拉门我看见
他开着一辆宝马驶过。而另一个正在坐牢，因为谋杀了
一只土拨鼠。如果我们聚在了一起，是否会像三胞胎兄弟？
我们的母亲是一个独眼怪。我们的父亲是空气
他们在远东小镇的一座火车站里相遇。“请注意你的态度”
事关贸易战和世界和平。我的一只手臂发痒，起了疹子，像沙粒
这个冬天没有雪只有沙子。它纷纷下着。我们跑来跑去
筑起了沙堡、天堂，和奇异的星球，我们叫它牛油果
这个早晨，一只鸟把屎拉在了我的挡风玻璃上
有人说这是超人干的。这个世界很少奇迹，更多是仇恨

和愚蠢。但此刻到处都是沙子。维特根斯坦演算着
他不知道该怎样对一只死去的兔子讲解一首诗?
一首诗，或一摊，屎。此时他需要的也许只是一只左轮手枪
威力远远超过拨火棍。而我需要些什么?蜥蜴、马齿苋
或癞蛤蟆?后者的声音甚至比汉字家们更加悦耳
墙角摆满了空瓶子。我出生时莫兰迪已经退休，许多年过去了
我仍是一个孩子。我喜爱风景和静物。我总是感到愤怒
有时是伤感。有谁会抚慰我，像夜晚一样温柔?
但这个早晨刺痛我。如果一切能够改变，我会改变什么?
我能改变一切么?譬如，重置系统，让世界变得不同?
那时人们爱谎言会胜过真理。快乐是一个词。在某些方面
它和诸如痛苦或屈辱没有什么不同。此刻我们仍然活着
然而还要爬完多少道阶梯才能到达月亮?
这有点危险。也许应该想想接下来会是怎样，比方说
我们怎么下来，当没有了梯子?我们悬浮在空气中
像一个奇迹。当然这也是不错的选择。但我们会变成另一轮月亮吗?
或一朵云?这是我们当初的梦想，它被妖怪吃掉了。
还有我童年的记忆，以及我的小伙伴们。
在疯狂的道路上越跑越远。他的脑袋里塞满了大粪。
我们将越来越适应这个世界，还是相反?
一只乌鸦孵着恐龙。而乌鸦被一条舌头孵出。
是的，舌头。它正在那里休眠，肥大，油腻，软塌塌的
带着黏液，就像这个早晨，或我们的生活。

冬天的童话

我们的冬天没有雪只有寒冷，仿佛是在向旧秩序
发出挑战，尽管仍然是徒劳。但另一方面
时间不会拒绝意外的馈赠。当午夜街道变得空寂
街灯下，风恣意地用枯瘦的指骨梳理着树木的肋条
黑色而坚挺，上面粘着一两片暗褐色的心形叶子——这是
去年夏天的痕迹——衬出体育馆灰色的身影。黯淡的灯光

像巨轮的舷梯，正在缓缓驶离昨天的港口。没有人知道
等待它的会是怎样的命运。冰雪游乐园装饰着枞树和彩灯
人工造雪机喷洒着白色的粉末，它日夜不停地工作
是的，我们需要一点雪，来掩盖世间的丑陋和罪恶
用白色的谎言建造一个纯洁的乌托邦。这意图
正日益变得强烈，但会被巧妙地掩饰，譬如温室效应
敏感词，和控制气体排放。人工化也许是必要的，还有
多维空间，冰山，开菊兽，诸如此类。生命是一种重复
确切说依赖于重复，谎言也是。但这是否有助于改变命运？
当寒流沁入我们的内心，我们是否会和冬天融为一体？
我们的身体是否会随时间的碎片而剥落？成为寄生体
或宿主，直到忘记了自己的身份。而现实的问题是
我们究竟是应该从这个世界逃离，还是继续折磨它
让它发出痛苦的呻吟？一切都很完美。那些疯狂的夜晚
和这个没有什么不同。春天又一次被拒绝。冬天让我们恐惧
也让我们保持警醒。我们躺在温软的床上，喝一杯咖啡
听着冰雪女王的故事（似乎并不好玩），然后
沉沉睡去，像熊在树穴里冬眠，梦见野花和蜂蜜

世纪

时间腐蚀着我们的骨骼。
飞机在天上飞。海浪修正着海岸线。
历史因文字篡改。DNA 检测我们是人类。
但归根结底和野兽没有什么不同。
当然，在宇宙巨大的实验室里
我们只是些可怜的小白鼠。
日子一天天过去，像一个个谎言。
没有人会为此负责。我们需要一点勇气
和理由，证明着自己的无辜。
灵魂沾满煤灰。它变成乌鸦落在十字架上。
电影院曾是我们的教堂，现在废弃了。

当我们歌唱，成群的耗子涌出我们的喉咙。
我们看《变形金刚》和《蜘蛛侠》。
现在是《纸牌屋》和《绝命毒师》。
辛迪·克劳馥早被忘记。现在是芭比娃娃和 kitty 猫。
斯佳丽·约翰逊和新生代艳照门。
时间过得太快，从另外的角度看，又过得太慢。
我们变老。世界需要完美的秩序。
而我们需要洁净的空气和安全的食品。
错过了最后的巴士，现在没有另一扇门为我们打开。
下水道是许诺给我们的最好未来。
我会把房间刷成红色。红色或紫色。挂满星星。
警惕分界线。尽管有大量的日常事务需要处理。
当午夜沉重的皮靴从街上踏过，巫师们睡眼惺忪地制造着噩梦。
那只怪兽走向我们，浑身上下都是牙齿。

紧急下潜

有谁会在意一只虎皮斑贝的安危?
有谁会在意阿米巴虫在未来是否存在?
大海道路一样展开。前面是沙子、尸骨和路障。
探照灯交替的光束在头顶上晃动
分割着黑暗，然后是更深的黑暗。
我们必须沉潜于其中，警惕着任何一点
未知危险的数据。我是一头鲸。确切说，是大型的
甲壳类动物。我接受着来自宇宙深处的指令
那无法挣脱的克洛托之线。不要说话。安静。
闭上你的腮。声呐紧张地捕捉着潜流、鱼群的低语
和珊瑚摇曳的声响。墙上贴着昨天明星的海报。
桌子上是咖啡的污渍，半打开的海图和航海日志
和用过的餐具。罗盘停转了，指针固执地指向上帝。
深些，再深些。下潜到生命无法达到的深度。
“死亡让我们警醒”。但此刻我们还活着吗?事实上

我们只是呼吸着的化石，栖息在幽深的海槽，这里
心跳成为最美丽的光点。冰山在头顶上坼裂，直到
未来的某一天，某个潜水的男孩惊喜地发现我们。
下潜。深些，再深些。到达生命无法达到的深度。
如果你还活着，忘记咳嗽、天空，和你的外套。
透过时间的缝隙，你会看到一群群彩色的鱼
在你周围游动：一个美丽的新世界诞生。

静止的画面

美丽的树篱。从灰色变成白色。
鸟儿们蓦地射向天空，像密集的子弹。
冬天是一幅静止的画面。我用脚步
丈量着这一片孤寂的风景

却忽略了那页 A4 纸空白的存在。
它会无限延展着，直到最终背离我们。
不要和我说，“我不知道发生了什么”，
或是“没有任何事情发生”。

雪是冬天的名片。它常常在不经意间
出现在我们的客厅。我的一只鞋子湿了。
我知道，如果此刻我画一副窗帘（像帕拉修斯）
一切就会消失：雪，街景，树影模糊的天空。

不知不觉已到了老年。我感到羞愧。
仿佛在高速行驶的列车上，事物
飞快地从车窗外闪过。你来不及
看清它们，更是无法说出它们的名字。

甚至没有时间发出一声叹息，当
让人遗忘的冬天在人们的头顶狂暴地肆虐。

你探究事物隐秘联系和命运的塔罗牌
告诉我，那只雪球最终会滚向哪里？

“诗是危险的事物”

诗是危险的事物。譬如
炸弹。或隐匿于未知间的真理。
当围墙一角的杏花绽出莫兰迪春天
震惊因单调而变得慵倦的眼睛
——在经过了长久的沉寂之后——
我们醒来，然后活动着
麻木的四肢，让意识重新
像刀锋一样清冷。我们的语言
不再透明。它吸收着光线却不会
让一丝光亮溢出。它不再是公园长椅
呢喃的话语，它清算着一切。它是符咒
召唤来万物，并恶意地
驱使着它们。包括冬天
和它紧紧包裹着的白色衣袍。
包括夜晚的黑暗，和午夜时分
璀璨的焰火，星星们的合唱
和命运的呼啦圈舞。

当梯子被过早撤掉

会有什么发生？天空仍然罩在头顶
空气新鲜得发蓝，鸟儿们穿行在气流中
遵循着某些不为人知的法则。街道仍然拥挤
汽车焦虑地按着喇叭，商场干净的橱窗
还原出流动的街景。在电话里聊着维特根斯坦
关于语言界限的命题，然后去市场买菜
我的篮子里装满了新鲜的芦笋、萝卜和西红柿

想象着古代的哲人会怎样过完他们的每一天
突然，人们停下了脚步，抬头看向天空
在云和云的间隙，一个黑影落下
一个偷渡客、越界者，攀爬在实在和虚无间
这是维特根斯坦，还是他的信徒？他似乎相信
通过一架梯子可以到达最后的真理
但现在梯子被撤掉了，他跌进了虚无
从实体变成了尸体。人们沉默，拿不准
是悲剧还是喜剧，可说还是不可说？那架梯子
无语地躺在那里，像一个受了委屈的天才

在咖啡馆

两个男人在靠近窗子的桌旁聊天。
他们喝着咖啡，谈着对冲基金和世界和平。
另一张桌子，一个男人和一个女人。
男人喝着橙汁，女人喝着奶茶。
我听不清他们在谈着什么。
墙上挂着招贴画和明星的照片。
我看到切 · 格瓦拉扬起头，叼着一支香烟。
他没有戴帽子。他有着一头浓密的黑发。
希特勒也是黑头发，也许是褐色。
一支曲子在漫步者间回旋。爵士或民谣。
他们谈着巴菲特、月亮和山羊。
谈着外星上帝和时空旅行。
我杯子里的咖啡变凉。外面下起了雨。
男人和女人起身离去。他们撑着一把伞。
我没有雨伞。格瓦拉没有戴帽子。
两个男人仍在交谈。波音飞机和哥斯拉。
婚外情和疱疹。最强大脑和今晚的约炮。
哦世界只是一个疯子大脑中的幻象。

关于杏花

昨夜梦见了一位我的老朋友。他对我
谈起我们共同的朋友。他似乎在隐约责备我没有参加
有关他的一次活动。我解释着。
我的一生总是在做着解释。我们很多年没见了
有时我会想起他，想起以往的日子。
朋友间为什么会彼此疏离，变得陌生？
又是四月了。庭院里、道路两旁开满了杏花。
这是我喜欢的花。我不那么高洁
因此比起莲花和菊花，我更加喜欢杏花。
但事实上，我无法正确地区分
梨花、桃花和杏花，正如我无法区分
樱花和海棠。我不会吹笛（或其他乐器）
也不会傻到在花丛中呆坐到天明。
朋友们是四散的云。传来的消息就像是葬礼。
有时我会在梦里见到他们。我知道这不是我的缘故。
也许是他们惦记我了，于是就冒失地闯进我的梦里
丝毫也不在意是否会打扰到我，扰乱我的心绪。
就像那一树树杏花，出于某种力量的驱使
让渴望的汁液从树干上升到枝条
然后迸发，爆出一团团白色和淡粉。

循环或皇帝的新装

忘记了时间和季节。
在我看来它们全都一样。
只是重复。重复构成了生命的全部风景。
但你又该如何去说服那些鸟类？
它们顽固地认为每一颗雨点
都代表了一场新的转机。
窗子锈蚀了，白天和夜晚在上面交替。

窗帘徒劳地模拟着波浪式的动作。
一波，又一波。被子掀开
又合上。裙摆韵律地摆动。
在小区的儿童乐园，秋千
向着天空荡起。上面没有人。
欢呼声一浪高过一浪。
主人不在家。孩子们长出胡子。

无题

世界像一只球拍闯入我的生活。
小学校的操场上，孩子们被露水打湿。
他们的脸全都扭向了一旁。如果让树木穿上校服
情况会变得好些吗？是谁打破了那块毛玻璃？
连同窗外的风景，一同碎掉了。
逻辑出自（塑造）头脑？它结束着童年和争吵。
这出自上帝的赠馈，还是我们自身的产物？
毛毛虫搬了新家。它选择了鸟儿做邻居。
我没有去过加勒比海。但我早就认识了奈特莉。
她不是奥马尔。透过这张塔罗牌，你是否
会看到末日的风景？鱼缸里一只鞋子在游动。
这是上一个冬天留下的。雪被绑架。
没有人知道它去了哪里。一尊塑像
躺在房间的角落，上面落满雨点和巧克力。

王建
《即逝——藕田》
油画
60 × 90cm
2013 年

叙事的转调与句法的变异
——张曙光近作阅读札记

/ 谭 毅

在当代诗的演进脉络中，张曙光的“诗歌肖像”是在“九十年代诗歌”这一说法中被基本定格下来的。作为“九十年代诗歌”的代表诗人之一，张曙光为人们所熟知的风格面貌，主要包含着三个特征：从精神气质上说，他是一位“北方诗人”，其核心意象是“冬天”和“雪”，由此伸展为对“记忆与死亡”的双重母题的变奏；从诗学立场和问题意识上说，张曙光的写作是关于“日常生活”这一平凡而宽阔的领域的，其诗歌的“现代性”首先是基于对“日常性”的书写，因此有人将他视为“中国的菲利浦 · 拉金”；从诗歌构成或写作方法论上说，张曙光通过吸收和改造外国诗歌中的经验主义方法，发展出了一种独特的处理“日常主题”的叙事方法（包含着一整套关于诗歌结构、语气、句法、节奏和修辞的技艺），这种叙事依托于冷静、成熟的心智，包含着高度的反思或沉思性，并通过此种叙事来支撑、拓展诗歌中的抒情。这三个层面共同构成了张曙光的“诗歌肖像”——人们谈论张曙光时，几乎都预设了这样的“标准像”。

然而，这样一种概括性的“诗歌肖像”，充其量只是对张曙光 20 世纪和本世纪头几年的写作的一种非常简化、固定化的扫描结果，它既不能完全涵盖他在各种诗歌方向、诗学道路上的探索努力，更不能直接用于对他的近作的描述。如果我们阅读张曙光近五年来的诗作，就会发现，在这些近作中包含着一些新鲜而深刻的、内在的变化，尽管这些变化常常与那些不变的要素伴生、缠绕在一起，但仍然能够被辨认并剥离出来。的确，这些近作延续着他以往写作中某些一贯性的语言特征——无论是对日常生活主题的处理，极具反思性的诗歌行进方式和元诗意识，甚至其中反复出现的“冬天”“雪”“时间”和“死亡”等基本意象，都与从前的诗作形成了连续和呼应。诗的语调一如既往地结实、稳定、氛围感十足。但即使我们承认这种延续性，那也是经过转换的、重新调整了焦距和显影方式的延续。那些不变的要素，恰恰构成了使变化得以突显出来的背景框架。

这些变化、转换和调整，当然与诗人从中年步入老年的生命节律变迁有关。生命在进入到新的阶段时，心态和语言也会有微妙的变动，由此带来了诗歌叙事的转调。在写于 2003 年的一首诗中，张曙光如此陈述他在中年时期的心态：

到了中年，我更要写得平静
把一切思想和欲望隐藏在
词语的后面。
（《冬日的海》）

这样一种“平静”和“隐藏”，构成了张曙光中年时期诗歌的主导语调和精神状态，并直接塑造了其诗歌形式的平稳和均衡。由于这种笼罩性的“平静”，他在这一时期写下的许多诗作都显示出一种灰暗的“黑白照片”或“岁月的遗照”的气质，这是一种与“冬天”完全融合无间的精神气质。写作被冷静的心智支配,除了反讽、怀疑和从记忆而来的些许悲伤之外，很少会流露出其他的情感和情绪。而在张曙光的近作中，尽管怀疑主义的心智仍然占据上风，却频繁出现了一些此前诗作很少会显露的情绪状态，一些新的、不那么平静的声调从理智之音的包裹中暗暗生发出来。首先,是一些诗中由纷繁物象(名词)的堆叠所显现出来的作为“内在噪音”的欲望。像《创世或灭世》这样的诗作直接将众多名词并置，不让它们连成句子，这更接近于巴列霍式的直觉写法，而不再完全被反思性的理智所控制。在近作中，张曙光有意加强了诗中诸事物、词语之间的跳跃性和不相关性，使得词语的分布和连接方式显得凌乱和陌生，借以使内心的噪音显形。在以前的写作中，这种内在噪音被隐藏和压抑下来；如今它们却纷纷露面，并搅乱了叙事的秩序：

看上去圈子的确小了些，只容得下少数几个人因此他渴望走出去。然而告诉我，是什么在诱惑着他？
女人，食物，风景，或世界的广阔？我心狂野
但仍无法和宇宙相比。这些都是美的女妖幻化而成？
我们置身其中，迷恋着诱人的曲线和纷乱的色彩
在同一个空间里做着不同的梦。
（《人称混乱的叙事》）

“诱人的曲线和纷乱的色彩”导致的“我心狂野”，意味着内心被欲望所扰动。尽管这个场景其实是虚构的场景，欲望也只是被写作发明出来的“性的乌托邦”，但不能否认的是，张曙光之前在写作中呈现的那个冷静、理智的叙述者形象，在此受到了一定程度的削弱。借用他早年一首短诗《致——》（1983 年）中的说法，这类似于“在冬天想到春天”：有一只代表生命、肉体及其渴望的“柑橘”，其“鲜亮而充满芬芳”的气息，冲破了“冬天”和“死亡”的统治。这种“走出去”的渴望，作为此前受到隐藏和压抑、现在被重新唤醒的“欲望”，成了诗的动力之一，尽管诗人也意识到它的危险：

诗是危险的事物。譬如
炸弹。或隐匿于未知间的真理。
当围墙一角的杏花绽出莫兰迪春天
震惊因单调而变得慵倦的眼睛
——在经过了长久的沉寂之后——
我们醒来，然后活动着
麻木的四肢，让意识重新
像刀锋一样清冷。
（《“诗是危险的事物”》）

“清冷”并不是冬天式的“寒冷”，而是“春天”所特有的那种冷：其中有着欲望和激情的苏醒。这首近作，和三十多年前的《致——》一样，带着非常明显的静物或风景画气质——张曙光称之为“莫兰迪春天”。我们在《晨歌》中读到，张曙光对莫兰迪有一种特别的偏爱。可以认为，他有一部分诗作是在有意接近莫

兰迪画中的色彩与气氛。我们在相距三十多年的这两首诗作中，看到“被压抑物的回归”，仿佛“长久的沉寂”指的就是“中年的平静”。只有“刀锋”一样锐利的冷意才能破开这沉寂和平静。《关于杏花》中对此作了进一步的描述：

就像那一树树杏花，出于某种力量的驱使
让渴望的汁液从树干上升到枝条
然后迸发，爆出一团团白色和淡粉。

尽管《关于杏花》并非关于爱情或欲望的书写，而是对梦见老朋友的追述，但我们仍然可以将它视为某种失去、遗忘之物的回归的隐喻。

而能够打破“平静”的更重要的情绪，是“愤怒”：

……我喜爱风景和静物。我总是感到愤怒
有时是伤感。有谁会抚慰我，像夜晚一样温柔?
但这个早晨刺痛我。如果一切能够改变，我会改变什么?
我能改变一切么? 譬如，重置系统，让世界变得不同?
那时人们爱谎言会胜过真理。快乐是一个词。在某些方面
它和诸如痛苦或屈辱没有什么不同。
(《晨歌》)

“我总是感到愤怒”在《晨歌》中重复了两次。这里的“愤怒”所针对的东西并不那么确定——或许是谎言，或许是不公——但“愤怒”本身是确实的。从愤怒而来的“改变世界”的冲动，是对旁观性的沉思视角的突破。在纪念奈保尔的《抵达之谜》中，张曙光写道：“写作，不是告诉别人我们知道些什么，而是 / 表达自己的困惑、愤怒和忧伤。”《纳博科夫的蝴蝶》中，诗人用“愤怒”来形容“大海”的某种状态：“大海在远处。发蓝 / 并沉默。我知道它仍然活着。/ 它沉默着。但我知道它愤怒时的样子。”这种老年阶段的愤怒，似乎是对中年时期那种“平静的理智”进行质疑的结果。在人类所有的情感中，愤怒是最能体现人的独立个性的情感，也是最具行动力的情感。之所以不断提及“愤怒”，也许是由于诗人发现：那种旁观式的理智表面上与世界保持了一定距离，但也正是这种距离使得人默许

了世界中的恶，并因此成了恶的同谋。中年时期的诗人以旁观的方式，全然融于世界之中；而当衰老降临，他开始从世界中退场，却重新被激发起了试图改变世界的渴望。

另一种对“平静”构成突破的情绪，是与“拯救”相关的、对“抚慰”或“安慰”的关切。这一关切与个体在世的“死亡”和“虚无”主题直接相连。在中年时期的诗作中，张曙光也不断地写到“死亡”，但在那里“死亡”基本上是作为一个与自身有着较远距离的形而上学问题而被思考的，那些死亡要么是书籍中所写的死亡，要么是遥远记忆中的他人之死。但当一个人老了，死亡问题对他来说就获得了一种更加迫切的性质，这时对死亡、救赎和神的思考就不再只是一种纯粹理智的玄思，而变成了关乎性命的切身追问。在《有鱼缸的诗或悼念阿什贝利》中，张曙光问道：“灵魂溢出 / 哪里是它的归宿？”在献给基弗的《失明的夜晚》中，他又问：“又该用什么抚慰我们的心灵？”《秘密》和《晨歌》中也有类似的问句：“谁来安慰我的玻璃心？”“有谁会抚慰我，像夜晚一样温柔？”所有这些疑问，都是由于生活那令人厌倦的“重复”和令人绝望的“消逝性”所导致的。这样的情绪在步入晚景的老人身上出现时，会自然地导向对“拯救”这类问题的思索，正如《在最后的日子我们是否能够得到拯救？》这首诗所显示的，它试图用一种准宗教性的声调统摄所有纷乱的日常细节描述。相似的声调也支配着《关于上帝》和《帕多克从三十二层楼上向露天音乐会开枪》这两首诗的写作，特别是后一首诗中，“死亡”作为一场突发的恐怖袭击事件降临时，“人性的黑暗”像深渊一样张开，诗人在愤怒和悲伤中，又想到了灵魂的最终去向的问题：

……Where have all the flowers
gone？它们像鸟儿一样飞走了？
天堂过于拥挤。地狱也是。死者们的灵魂
栖息在树上，摹仿着鸟儿们的歌唱。
烛光中，雨点密集地落下。像子弹。

与这种叙事的转调同步发生的，是张曙光诗歌主题和方法上的变化。就主题来说，尽管他仍然是在处理“日常生活”，但有两个可见的调整：一是削弱了“记忆”母题在叙事中的比例，转而更多地书写“现在”或“正在发生的事情”；二是几乎不再进行对某个完整事件和场景的叙述，而是致力于将日常生活的若干琐屑碎片拼接为一种具有抽象感的“风景”。在张曙光近几年的诗作中，“风景”一词频繁出现，以至于我们可以将它们理解为一种特定意义上的“风景诗”：这里的“风景”主要不是指外部世界中的自然和城市景观，而是由日常生活中各类事物、情绪、信息的碎片剪辑而成的“电影”或“抽象艺术”般的“风景”，它首先指向的是内在思想的运动（《对风景的赞美和阐释》：“风景是看。但只是看到自己。”）。这些诗几乎都是对“此时此刻的思想运动”的叙述，一种特殊的意识流，但又不是超现实主义那种从词语出发的、非理性的自动写作，而是从句子出发的、受到分寸感控制的思想的意识流。与从前的写作相比，张曙光用这种裹胁着众多“此刻的碎片”的意识流，突破了经典的经验主义诗歌中对完整叙事的要求——经验主义的完整叙事，在我们这个时代很可能是虚假的；事实是，任何事件在发生的瞬间，都经过了媒介与技术的中介，被碾碎成一些雪状的粉末或尘埃，塞进了我们的接收频道。

对完整叙事框架的破除，意味着诗歌中的句子之间的连接关系的变化。如果一首诗中的各个句子之间丧失了那种从事件的情节逻辑而来的连续性，那么它们就只能孤立地存在并突显出来，仿佛它们之间仅仅只是一种并置关系，而不存在任何因果或推论关系。这样，所有的句子都各自独立成为一个单位，作为“此刻”的一个碎片或一个单子。这就是张曙光近作中为什么如此高频率地采用停顿和短句且每个叙述后面几乎都要用句号的缘由所在。从标点的角度来说，这些密集出现的句号意味着对叙述线性、连续性的拒绝。句子像瓦砾或建筑废料一样搭起来，形成了一首临时的、装置性的诗歌，刚好对应着这个“一切坚固的东西都烟消云散”的世界。

句子的简短、孤立和单子化，标识出张曙光近作中的“句法的变异”。不过，这样一种纯然由孤立的、事实断言般的句子的并置构成的诗篇，容易陷入无意义的琐碎叙述和平面滑动状态之中。但张曙光并不是后现代主义的信奉者。他除了用前文所述的“愤怒”“悲所有伤”等情绪来统摄所有琐碎的细节，使这些细节服务于对时间和命运的探究之外，还采用了两种特殊的句法策略，来让诗歌不止于停留于“现在”的平面上，而是在诗歌内部形成了一个立体、有深度的空间。在以往的写作中，他偏爱通过“记忆的深度”来抵达“现在的深度”；如今，“记忆”母题虽然被削弱了，但他启动了新的方式来对“现在”进行理解。这两种句法策略就是模态句式和疑问句式的大量运用。

模态句式一般是指包含着“可能”或“必然”这样的词项的句子，但也可以扩展到所有涉及虚拟语气和祈使语气的句子。在作出每一个事实陈述的同时，都可以围绕着这个事实陈述进行反事实的设想，由此就出现了一个由种种未发生的可能性构成的模态空间。如果历史和现实仅仅由“事实”构成，那么它就是过于坚硬的、没有给我们的想象和情感留下任何空间的东西。但任何理解都依赖于对反事实的可能性（“如果没有发生……，会……”）的设想，这是人类生命对模态空间的本能需要。诗，就植根于这种需要之中，它要从事实中夺取一个留给想象和感叹的空间。张曙光对模态句式的运用，多年前就已经开始，例如在一首实验性的诗歌《雪》（2003 年）中，他通过对“下雪”的各种模态的设想营造了一种语言的“空无之境”：

外面在下雪。是的，雪下在
外面。在下雪，外面。下雪
在外面。雪下在外面。也许
没有雪。当然，这是另外的
说法。但天色很暗，是的，
很暗，也许将会有一场雪
在下，或是刚刚下过。但
天色很暗。也许。在下雪
或许没有雪，在下，不在下
将在下，将不会下。也许
天色并不很暗，也许只是
因为那道拉起的窗帘，或
太阳下山，或被一片云彩
遮住，但天色看上去确实
有点暗。这是另外的说法
当然，雪，也许真的在下
尽管天色很暗，尽管天色
并不真的很暗。当然这是
另外的说法。尽管雪真的

在下，也许，雪在下，就像
某个人，坐在窗前的阴影中
起身，走动，但仍坐在那里

这首诗中模态句式的用法是完全风格化的，有一种过度冷漠的理智倾向。但其中我们可以看到虚词（“也许”“将会”“将不会”“当然”“或”“并不真的”“尽管”“但是”“仍”……）对于诗篇整体构成的决定性作用：这些虚词不仅仅塑造了诗的语气和氛围，而且它们在事实世界之上，架构起了一个纯然由想象构成的空间，让我们看到了每一个“此刻”都是被各种可能性所环绕的深度迷津。张曙光的近作，几乎每一首都包含着对虚拟语气和虚词的运用，但已经不再是出于风格化的考虑，而是配合着断言般的事实陈述，在事实的坚硬墙壁之上打一些通气孔，让情感的气息得以涌流。在某些时候，即使是事实陈述，在加上模态词项之后，也可能呈现出某种虚拟式的效果，例如《这个夏天我没有读陶渊明》就通过反复使用“没有”和“仍然”这两个带有模态性的词语，呈现了饱满的抒情意味：

这个夏天我没有读陶渊明。
但这个夏天仍然下雨。
小路两旁的玫瑰和鼠尾草仍然开放。
街道仍然拥挤。情人们仍然拥抱。
在公园的长椅、地铁站和报亭旁。
这个夏天我没有读陶渊明。
但我仍然每天推着轮椅上的妻子
在小区散步，或是去超市购物。
我仍然写诗。仍然不被人们看好。
我仍然咳嗽。青草仍然生长。
割草机的声音仍然响个不停。
生活仍然美好，像歌中唱的那样。
但我没有读陶渊明，尽管我仍然爱他。

在某一意义上，疑问句可以看成是模态句式的一种变体。张曙光显然是有意地在近作中高密度、高频率地运用疑问句式来推动诗歌叙述。以前的诗作中当然也有疑问句，但频率较低，而且那时疑问句的出现主要是基于怀疑主义的诗学立场。这种怀疑主义在近作中虽然仍旧存在，但受到了其他情绪和情感的平衡和制约。可以认为，张曙光近作中的疑问句的首要功能是抒情性的，而非怀疑主义的。疑问句的抒情性建立在对不同于事实的可能性的设想之上，当我们问出“有没有可能”“会不会”“是否”等的时刻，我们是在为不可挽回的过去而感叹，或者为不可预见的未来而希冀。以断言形式出现的陈述句，往往意味着某种确凿、不可更改的事实性；而疑问句，与模态词项一样，给诗歌带来了一个不那么确定的可能性的空间，一种对事实的轻微偏离，一种笼罩着事实世界的乌云般犹疑的氛围。疑问句拓展了诗的语义场的宽幅，用钩子般的标点探入了平静如水的现实生活表面之下，并从那里钓起了一些不可见的东西。在《有鱼缸的诗或悼念阿什贝利》《关于上帝》《人称混乱的叙事》《晨歌》等诗中，疑问句压倒了陈述句而成为诗的主导句式。这些诗大都包含着浓郁的抒情特征，它们对死亡、永生等问题的思索中蕴含的复杂情绪，在一个个的问号里累积起来。句法的变异，由此服务于叙事转调的内在要求。张曙光承认，当代世界中，人或许已经不再是康德意义上的“主体”，而变成了拉康意义上的“实体/尸体”（《当梯子被过早撤掉》《冰川》），但他仍然要在诗中为人类作为主体的意志、情感和情绪背书。他似乎仍然站在康德这一边。《秘密》一诗的结尾，看上去是对康德提出的三大问题（“我能知道什么？我应该做什么？我可以希望什么？”）的回应：

谁来安慰我的玻璃心？对这个世界我一无所知。
一无所知而且一无所有。那个纸折的小船
能否带我们横渡大西洋？今天天气看上去很好。
他说，能不能告诉我哪条路通向伊斯坦布尔？

2019年12月，昆明

一行诗选

/ 一行

一行，本名王凌云，江西湖口人，现为云南大学哲学系副教授，主要从事哲学和诗学研究。已出版哲学著作《来自共属的经验》（2017）、诗集《黑眸转动》（2017）和诗学著作《论诗教》（2010）、《词的伦理》（2007），曾在各种期刊发表哲学、诗学论文和诗歌若干。

欢乐

欢乐是一种火。是火种
在一中收敛，又绽开为多。

是明亮的火在微暗的火中
变成一滴水，再化作喷泉散射。

是纯粹的我，为不纯粹的我
寻找一个容器，一个浸满香油的化身。

它放肆地燃烧、摇曳，就好像
这盏油灯终于找到了自己的灯芯。

就好像人形的灯焰终于幻化出耳朵，可以
听见夜莺在夜晚嘤鸣，云雀在云中雀跃。

水的阅读

煮汤时，一张书页从手里的著作
脱落，飘进正烧水的锅中。
浮在水面，因火的热力
而旋转、起伏。书页上
那些古代音韵的知识，
也跟着气泡一起平上去入。
气泡升起、破裂，仿佛
从喉咙深处到达唇口的发音。
水用沸腾声，读着
书页上的文字——比唇语
更轻柔，比齿颚间的弹舌
更加悦耳。我听着
这自然的诵读，想到

有很多次，我们曾一起看见
落叶飘进溪水——
水用平缓的流动，读着
叶片上的纹理，读着枯荣
与季节，读着上面细小的咬痕。
那琤琮的水声，如何译出
叶片中的讯息？春夏秋冬
与平上去入是否有神秘的联系？
你说过，水面的波纹
是另一种文字，被风阅读；
正如此刻，沸水的翻腾被我阅读。
为你煮的这锅汤，看来是要倒掉了。
没关系，这口锅已记住了
每一个字的气息：当火焰点燃，
那些轻微的诵读声
就会从水中再次涌起。

声音

他在听人们听不到的声音。
这些声音，在耳朵能分辨的区间之外。
不是次声，也不是超声，
是一种更陌生的、类似于我们
默读时从心里响起的声音。
我们没法听见这个声音，却感到
它在对我们说话。它说，我们并不知道
声音究竟是什么——声音不需要
耳膜的振动，不需要空气和介质，
只需要一种接近声音本质的听觉。
有时候，我们需要通过念诵来听，
让声音萦绕在森林、沟壑般的大脑，
像一具蜕尽躯体的蝉，虚无、透明，

只剩下鸣唱之意志。另一些时候，
我们需要用对听的抵抗来听，
因为这声音试图与听同归于尽。
但他听到的声音并不是寂静，
也不是寂静的中止，更不是
从寂静中升起的某种线条或形体。
他在听的声音，是声音的尽头——
声音的尽头不是寂静，而是声音
擦着寂静的声音，是这声音与继起的声音
再次相撞，如同拍向岸沿的水波
与后面涌来的水波相撞。
听到入神的时候，水密密麻麻地
涌向他的身体。这不是水的声音，而是
水的声音被撞散、消失的声音。
这声音并不消失于寂静，而是消失于
每一个声音被寂静弹回时发出的声音。

讨水

这条青草茂盛的小路
只有放牛人才知道。
秋枝带着我，一路讲着
方世玉与苗翠花。烈日暂时
还没打算露面，动荡的云层
落下舞剑般的清光。
夏日的午后让人焦渴，随身
携带的水壶已被我俩饮尽。
秋枝说，再走一里路，屈家村
就到了，村里有一位姑婆家
可以让我们解渴并暂时休息。
向前，虫鸣与蝉唱
此起彼伏，一直延伸到村口。

村口柳树旁的三间屋子，
最右边那间就是了，姑婆嫁到这里
已超过五十年。一头水牛
系在树下，闭着眼，享受着阴凉。
秋枝进屋，不久又出来——
姑婆去年就过世了，现在这村里
没有她认识的亲戚。我们正要离去，
屋里却出来一位自称
是姑婆孙女的姑娘，三年前
她去我们村拜年，戴一顶黑防风帽，
当时秋枝没看清她的面相。
她请我们俩进屋，坐下，倒茶，
我说井水更能解渴。
于是我们来到后院的井边。
朝井底望了一眼，目光又收回。
井水沁人的冰凉，有种蜜露般的清甜味。
用水泵压上来，水桶中的波纹
跟着注入到碗里。我喝了两碗，
秋枝只喝了小半碗。我们告辞，趁着
云层还没被阳光拨开，趁着还有些微风
在青草间和水面拂动。
走到半路上我的肚子开始疼痛。
我让秋枝等在路边，自己在草丛里
蹲了好久，一直看着草叶上的日影晃动，
像极了井底的波光，又像是秋枝
故事里那些舞动的剑光。

鸡鸣

我年幼时，清晨睡梦中
总迷迷糊糊地听到公鸡
扯着尖嗓子啼叫。那声音

像在呼唤某个人的名字
（外婆说，它是在催促“齐哥哥”
起床干活），又像是用薄刃
削去夜的表皮，露出村庄晶莹的部分。
听到公鸡啼叫后，我才能
继续睡去，安然做我的晨梦。
仿佛只要它照常啼叫，世界
就是稳靠的，太阳也会一如既往地
从渊深的无梦之地升起。
鸡鸣以一种让人很安心的方式，
用高亢入云的声调宣告着
秩序的存在。即使是下雨天，
它也照样嘹亮，像太初的命名行动
将世界叫唤得清新。
帘外的雨声继续编织着
流水潺潺的好梦，公鸡的细嗓
在烟雾和树叶声的包裹中
如白炽灯丝般闪烁。
我握着两腿间的幼鸟，可能正梦见
自己握着大公鸡那可爱的红冠……
某天清晨，我从梦中惊醒，在黑暗中
等了许久，那只公鸡一直没叫。
我才意识到，前天它已经被人宰杀了。
在那一刻，几乎是突然而又永远地，我感到
世界并不亲切：一种
昏沉而恐怖的寂静将它占据。
我再也无法睡去，只能强忍着困倦
看着外面的天色——被暗黑笼罩，
还带着些许猩红，像是砍头后
从鸡脖子里喷出的黏稠的血。
它在我眼中缓慢地流干，变成血尽后
皮肤的惨白……从此，不只在早上，

而且在夜里也开始失眠。很多年过去了，
我再没听过鸡鸣。而早间的梦
几乎都是噩梦：对我来说，没有什么
比清晨的寂静更压抑，更让我憎恨。

醒来

午后，带尖锥的鸟鸣如同
未拔除的楔子卡在耳鼓。
窗前反光仍在与雪人切磋。
记忆如此幽深，正返回的我
和此刻从床上爬起的我互不认识。
远处有群山倾颓，有不可觉察的死
混入微微漾起的海潮或雷声。

蜕变

如果，在那个长满青草
蜜露从果实向下，滴在草尖
并且你无数次梦见的果园
你，灵魂曾寄身于一朵花
或一只鸟中的人儿
如果，你醒来，眼眶像窗一样
张开，你会看到我
进入你梦中的样子，像是蜜露
被风吹动，滴落进你洁白的头骨
那时，你的梦刚刚被果核吸入
而我是树下的一棵青草，正目睹着你
如何蜕去血肉，成为一座年轻的蚁穴

阅读

我读不懂这些书。
并非因为文字深奥。
我读着纸张上天空的空白，
空白之间昆虫、飞鸟的标点，
史前猛兽般快速移动的句子。
我不理解它们真正的意义。
我感到一种古老的无知
降临于我，像一场雾
弥漫并生出眼前的树林。
树叶像书页一样翻动，
哗哗作响，那些幻化而出的动物们
身形消隐，但气味和声音还在。
我穿行在雾中，被扑面而来的
各种奇怪的东西撞击，
有时是擦身而过。
就这样在书中迷失、茫然，
既喜悦，又不安。
这时，我会感到读书，同时
也是在凝视它们来源的树木。
对于那些树木我同样读得太少。
只能迎着从它们吹来的风，
努力辨认着叶脉的象形。

词与物

我将一张纸放在石头上。
阳光照耀，纸上的诗句
像密集的虫卵开始孵化。
一些黑色的字，摇晃着
触角和脑袋，从纸中

慢慢爬出。当它们爬满
整个石头，纸化为虚无：
一首在物中消失的诗。

因果

十岁那年，爬一棵枣树时，
一只斑斓、带毒刺的毛虫
掉到了左手手背。
我用右手，一巴掌拍死了它，
却拍不死它带来的灼痛。
多年来，手背的皮肤
常常起泡：那只死掉的毛虫
继续以幽灵的形式，粘在手上。
有些梦里它会啃树叶一样
蚕食我的手掌。
我知道，只有等到它
在梦中长大、结茧，化成蝴蝶飞去，
那痛苦才会消亡。

最遥远的，最亲近的

在花园中散步。半小时前
从屋里出来，刚和你吵过架。
雨下了起来，落在树叶、草丛
和脸上。开始时，能闻到
植物的新鲜气味，像一些从未
用过的词；慢慢地，一遍一遍重复，
听见雨声也当作没有听见。
这么多年，我们说爱的词汇
和吵架的词汇，一样重复着。
——如同这雨点，区别仅在于

敲打的是树叶，还是脸或草根。
雨，来自高空，似乎因我们的
吵架而起，让我感到极其遥远；
下一刻，已在脸上和脚边，又让人
觉得亲近。呵，这变动的感觉
既包含重复带来的厌倦，又好像
在重复中获得了可靠的亲密。
我们听不见雨滴和雨滴的区别，
它们确凿地下着，每一次
都真实触及了事物。
这样想着，就觉得自己该回去了，
而雨也善解人意地在此时止住，
像所有的词汇已经耗尽。
在这个雨刚刚停息的夜晚，亲爱的，
我想，我们可以看见星星。

石中的黑暗

经过那块中间凹陷的
大石头时，他告诉我
这石头曾经诞生过精怪。
他说，事情大概发生于一百三十年前，
由他祖父的祖父传下来。
当时，大雨倾注，雷的巨锤
砸在万物表面，闪电
像裂纹一样密密散开，石头
也在其中迸裂……
有人看到一团火焰一样的东西
从石头里冲出，疾射向半空。
一只雨燕被它刷了一下，哀鸣着
坠落，半边翅膀已经烤焦。
传闻中，那东西究竟是什么

有好几种说法。有人猜是
类似于孙悟空的妖魔；
还有人认为是某人躲在
石头里修仙，在那一刻破关而出。
他说，他更倾向于认为那是一团
愤怒的黑暗，在石头里闷得太久，
闷出了火……我问他
怎么会有这样的想法？他说
我们可以想象，自己处在
一块巨大石头的内部：
我们的灵魂和身体
是这石头的一部分。
那围困我们的，并非致密的黑暗
而是我们自身；而黑暗
反倒是唯一解救的契机。
——在越来越压缩的内部
黑暗构成对石头的唯一抵制。
有可能，孙悟空这妖魔
对天庭的反叛也是源于
黑暗对压制的无尽愤怒……
我摸着石头表面，摸着凹陷处
周围闪电般的裂纹，想到
那团黑暗究竟承受过怎样的压力
才会变成一团火，它又如何
从石头里突围，破壳而出？
为了体验这情形，我爬到石头上面
打坐，想象着自己
正进入石头内部，成为黑暗的一部分。

梅葬

外公是在冬天去世的。

在睡梦中。
突然到来的脑溢血
像开在头颅深处的梅花。

我记得，他常在雪天
去田里捉冬眠的鳝鱼。
清晨，当风雪
把木门推开，
就能看到他背着
竹编的黄鳝笼，归来。
打开时，那柔软、密集又攒动
的景象，满眼都是惊喜。

葬礼那天，雪很大。
我没和送葬队一起进山，
一个人待在屋里。
屋外，大雪撒着白色的纸钱。
梅花开了。
梅花的葬礼也就开始了。

无光

那座庙，被松柏和苦楝环绕。
红漆在薄暮透着寒冷血色。
庙里的现任住持，三十年前
曾是大伯的妻子。
出家时，三个儿女尚未成年。
进庙这天我没见到她，也没
向佛跪拜。心里想着最小的堂姐
拉着婶婶衣角，不停流泪的样子。
灯下，人造的塑像看上去
明亮、庄严。

想到那些比佛珠更温热的眼泪，
佛和菩萨就失了光彩。

稻草垛

疯姑姑在稻草垛上唱歌。
歌词我知道，但被她的发音弄糊涂了。
“凉月”变成了“良药”，将她眼中
那些肿胀的云朵治疗；“幸福”
被唱成“信佛”，带着从心底涌出的欢乐。
她的侧脸红润，上面有几道划痕；
翘着腿，红褂子沾满稻屑和牛粪。
比起其他的草垛，她身下这个
是最晚搭成的。木柴捆的底子
混编着两种颜色不同的稻秆：
一半是早稻，另一半
是不久前从田里割来的泛绿的晚稻。
疯姑姑说，有好几次她看见老鼠
钻进去，躲开屋里那只老迈的黑猫。
她还看到草垛被野猪拱翻，然后
又被打野猪的大人们重建。我看着
这些稻草，想到它们大多将消失在灶里，
化为灰烬和炊烟；还有一些，会被扎成
稻草人，吓唬田里偷食的麻雀。
时节已近深秋，风绕着这些仓形的草垛
打转，像来回奔跑的小狗
蹭着憨态可掬的坐佛。
过些日子，想必会有雪花
落在上面，将它们变成胖乎乎的雪人。
疯姑姑和我，会用草垛上的积雪
搭一个小一些的如来或弥勒。
……我对稻草垛的记忆到此为止，后来的一切都像焚烧的稻秆，化为一团模糊的浓烟。
好多年，我都没再回老家探望，
如今想回也回不去了：一九九八年发大水，
老屋被淹，村庄整体搬迁到逼仄的坝上。
人们不再种田，靠外出打工赚钱。
稻草垛从此不见踪影。
疯姑姑被关在屋里多年，五年前病死。
野猪漫山遍野，却再没有到村子里来过。

雨将至

在一场暴雨落下前，开始写诗。
云在天空疾驰，有时，会与另一朵云
折叠、交合，如两只美短猫互相舔吮。
云朵疾驰，而笔是缓慢的，像一棵移动的树
与地平线摩擦，在风中梳理着浑身毛发。
一只鹰由远及近，甩着雾气一样腾起的
清晨的黑暗，为了让自己更明亮地
在仅剩不多的光中显现。身体里所有的情绪
也在仅剩不多的时间中，像门闸将要关闭前
急速流淌的水一样，从臂膀、桡骨、手的肌腱
和正在与纸搏斗的笔中释放。舌头念念有词，
眼注视着暗下来的天空，如远古时代的祈祷者
在祈望山洪不要冲毁家园，或中世纪的信徒
祈求暴雨将世间的罪洗净。而更多的往昔
在这忽明忽暗的时刻，被一支笔倒出！
往昔是一团漂流的鱼群，被词语那闪耀的桅杆
吸引，在记忆波涛中翻滚、重组，变换着构成。
噢，七岁时的天空，黑亮而积聚恐惧的蜂巢！
十一岁时山顶的雷鸣！十五岁时在爱恋眼睛里
盛开如死亡的深渊般的黑暗！撕裂我整个青春的
二十三岁的闪电！记忆像云朵一样折叠、交合，

搅拌着时间的天空，将不同的时刻
变成幽深可怕的形象。而眼前的图像
却开始清晰：略有湿意的土路上，一群黑山羊
慢悠悠地行进，几只小羊玩耍了一阵，又飞快跟上；
它们身后，是将要屠宰它们的穿黑衣的牧人；
几棵树，在他身后继续着自己的枯死；
废弃起重机停在树边，不再喘气或发出轰鸣；
远山沿起重机长臂的延长线慵懒地伸展。
在所有这一切后面，是正急速跋涉而来的
一场暴雨和它全部的乌云或风的前哨：
我已准备好，用一张沉静如海的纸迎接它们——
我让每个词立起，让每个毛孔都屏住呼吸，为了
在暴雨落下前，写出气流强劲的诗。

听山

我们在山路上走着。山的另一侧，
隔着大片深绿，似乎有说话声
传来，被风吹散成蜉蝣般的词语。
一些闪亮的蛛丝在林子里穿行，
绕过布满虫洞、窸窣作响的树叶，
飘到我们脸上。树枝相互摩擦，
让我想起做爱时的场景——毛孔
比耳朵更大地张开，从头顶到脚趾。
我们听着万籁，和万籁深处的寂静，
就好像恋人彼此倾听着心跳。
一些声响，有坠落的苹果形状；
另一些，则像剖开苹果的刀刃。
沙沙的风声吹动着沙子，汩汩的
流水在鹅卵石上拍打自己小小的鼓。
如果听得仔细，还可以听到
夜枭发出的咕叽声，似乎还在梦中磨喙。

更响亮的啄木鸟，啄着死者开裂的头骨。
而更多的鸣叫，如绿色波纹
从一根声带开始，引导着整片树林的光线
同步发出颤动。飘落的叶子
舔了一下地面，又因苦涩而放弃。
在山的众多声音里，我们的脚步
是最浑浊、沉闷的那种，却仍在
向声音之海的汇合中净化、清澈。
你说，我们是孤独的，因为看不到
这条路上还有别的行人。也许如此。
但还有别人在这座山中，能听到
我们之间的谈话，虽然并不知道
我们隐匿于哪一条路上。
这空山，它的形状是一个
奇异的、有着众多虫洞的空间，
我们彼此听见，却无法看到对方。
只有相同的松林，在山顶
像一座青色冠冕；相同的虹彩
架在雨后的山谷上方，
像横亘于前、无人弹奏的七弦琴。

红砖楼

今天我只想念
红砖楼的颜色。——铁锈一样的颜色，
寒凉、深暗，构成了
我童年生活的主色调。
在它花生皮般的包裹中，
我们营养不良，像蔫掉的仁儿
往阴影里成长。
楼道永远是潮湿的，台阶
散发着苦醋似的气味，

像是花生内部的黄曲霉变，
从外面是嗅不到的。
老鼠从四楼逃到一楼，被孩子们
追打，尖叫着跳起，血溅到
剥落了白石灰的内墙砖头上——
而在外部，同样发生着
两种红色的重叠：这幢楼
变冷于幽深的暮光。
每个夜晚，矿上的探照灯
都要照向这里，有时会来回
扫射，像在辨认着什么。
那时我会从屋里跑到阳台上，
向远处江边的光源眺望。
自从那艘装载了二十余人的
运砂船沉没之后，整座砂矿
都被一层无法驱除的黑暗笼罩。
清晨，阳光一点点
将整幢楼的红砖铺满，
却没有带来些微的暖意。
直到我离开那里，那红砖楼的红
仍像凝固的血一样，不肯流动。

此刻

此刻是宽的。它向四面八方延展，
或者不如说，它从四面八方
向这儿、这个点收缩。此刻是这个房间，
是房中的书、柜子、抽屉，抽屉里的笔记
和纸屑；此刻是窗外，与我正对的群山，
群山之上的乌云、天空，天空背后的
视域的深井……此刻从一口无边的井中
升起，像一只汲水的小桶，越过天空、乌云、群山

被一只飞近的鸟用翼驮着，降落在我的窗前
并将时间之水泼洒到房中的每一事物上。
此刻，是世界向我聚拢，是一朵花从开放的刹那
获得的结果之力；是全部未知与过去
在我身上相撞，炸开了一个名为“这里”的
空无的空间。我们每个人都是爆炸的遗留物，
甚至就是无处不在的爆炸本身，深深的弹坑……
此刻是你。是我朝向你抛出思念之线的姿势。
在你与我之间，此刻像海洋一样广大，将我们
像两艘小船那样浮起。我们会在某个地点相遇，
但不是此刻，因为我们的命运取决于此刻之中
包含的那些隐秘的洋流和季风。我深知
此刻是我的、我们的命运。从童年起，我们就
渴望着穿越时间，去抓住不可见的未来；
但我们真正抓住的，是未来之云在此刻的投影。
而对幻影的捕捉决定了我们是谁，决定了
谁在黑暗中和我们说话——我们真正的自己。
通过虚构、想象，我们发现了自身，也发现
此刻只是一种虚构和想象。它是抵达真实的
唯一路径，却是被众多虚构掩盖、隐藏的路径。
四面八方都是道路，从远方到近处，从原子核
到细胞的 DNA 深处。而此刻，是路与路的区分：
我困于房间说明我并不是房间。此刻是相异，是世界
与我之间必然的隔离。但它也是相同：我困于房间
即是树困于远山，被书与知识牵绊即是飞蝇被蛛网
牵绊。不仅是同时、同构，而就是同一个此刻的展开，
就像生与死在我之中，以完全相同的方式行进——
此刻是生中之死，是行进中的静止。我们将此刻
像永恒之弦那样拨响，而我们听到的只是
时间山谷中传来的回声。此刻是回声，是声音
准确找到的回归的路径。我们沿着这条路
到达所有的道路，到达所有道路的起点：

通过此刻，我抵达我自己。

π

少年时的许多事件和知识
我现在还记得。比如古都名称，古诗中的
桃花、柳树，元素周期表，还有 π 的数值……
那个冬日午后，在低矮、将要倒塌的
黑教室里，戴眼镜的男老师
审讯官一样，将我们逐一盘问。
我们仿佛掉光了叶子的树，一些
骄傲地挺直，另一些瑟瑟发抖。
无论是骄傲的还是发抖的，都不明白
为什么我们必须记住它并且要精确到
小数点后第二十五位。难道它是一种
神秘的咒语，能呼风唤雨；而教室
其实是一间祭坛，我们是其上供奉的祭品？
从那时起，我们暗自仇恨着这个符号，
连同完全不明觉厉的割圆术。被戒尺
修理过的同桌对我说，这符号像是一个人
被一把刀割去了圆圆的头颅……冬日的午后
让人昏倦，知识像呼啸的风一样
擦伤了我们，又让我们的灵魂在习惯中
结痂。现在回想，我们还比不上那些树木：
我们的冬天更加漫长，而夏天短暂，
尚未开始便已结束；我们的秋天
只有落叶，却从未结果，也永不会结果。
那些知识，本应是从我们内部被春天
引出的嫩叶和花朵，本应是对种子中
包孕世界的回忆；而在那个午后或任何
一个午后，它却是令我们干枯、脱水的强风。
比风更强大的记诵术，如一把锯子

将我们稚拙的、只有几圈年轮的灵魂
割开。从此，这无限不循环的数
在我们的记忆中反复出现，一如当年同学
发明的歌谣：“山巅一寺一壶酒……”
而这个符号中既没有山，也没有寺庙和酒，
只有一些被困于冬天的儿童。他们中的某些
再也无法从那间黑教室里走出。
……我还记得，那天屋外有鸟在鸣叫。
一首不明其义的歌，怎样进入鸟的身体
或灵魂？它当时叫得如此凄厉，像一把刀
切断了我们对数字的记忆。那刀锋
直直地向上方延伸，仿佛要切开
这压抑的、封闭如圆周的天空，
永远、永远不要被再次包裹。

欲念

他想象着她的裸体，虽然他从未
看到或偷窥过。真理带来幻象，正如爱
催生着情欲，他如此想着。他将目光
移到面容之下，一瞬间，她的裸体
如真理一样显现，却又立即暴露为幻象。
是的，这并非是她的裸体，因为
他用其他人的裸体，亲眼看到的
和图片、影像中的，覆盖了她
除面容以外的所有部位。这覆盖
贬低了她，将她的独一性
替换为众多他人的拼接与组合。
他像是用其他的裸体
给她的真身穿了一层外衣。
于是他又逐一拿掉了这些，
拿掉了各种来源的颈、腰、肩、臀，

日本的背，欧美的胸，和古典的肚脐。
她的身体被清零，恢复到
无之中，除了面容仍在闪烁和跳动。
真理在想象之外，他终于确信。
而从未显现的，让人的心
跳动得最快，却不能是
永不显现。
她仍然在神秘中，像黑暗
被一团火包裹。——这火就是他的情欲
和由此而来的欲念。此刻，他研究着
自己的想象：爱是什么？情欲是什么？
在想象恋人的身体时，究竟发生了什么？
他想象着她的裸体，不带任何一丝欲念。

重叠

好几次，深夜醒来时，以为
自己还住在三十年前的屋里。
窗外的雨，与当年让我惊觉的雨
重叠为堆满瓦片的屋顶。记忆
水流一样沿斜坡，沿瓦片间的凹槽
流淌而下，注满空寂如缸的心。
那时，我喜欢听雨水滴落在缸中的声音，
像是某种有节奏的叩门声，有人来了
想要进入梦境。
那口檐下的大水缸，里面积着我的无数个梦——
用手去试探、搅动，就会看到层层晃动的
更深的幻象。
现在，我住的房子再没有带瓦片的屋顶，
没有飞挂如禽翼的屋檐，没有檐下的水缸。
只有一具空寂的身体，经常在梦中惊醒，
如同水缸被石头砸破，时间的流水即将漏尽。

体罚简史

坐在林子里看瀑布。
想起少年时代，一些不太愉快的事。
眼前细细、光滑的竹子，在晃动中
幻化为父亲高举的竹条，将一道白印
像车辙一样反复烙进我手心里。
那集中、锐利的疼，让我至今
难以相信竹子是一种草本植物。
竹棍打断后，换成了木尺——
数学课上我用来作图的直尺，
不知是什么木头制成。
它平平又重重地落在
掌中央，这用于测量的尺矩
带来了不可测量的酸麻之感，
按圆规画出的弧形朝四周扩散。
我一声不吭，想到“草木非人”，
果然可以无情地施加于肉体。
后来，我上中学，父亲改用
更具动物性的方式：他解下
腰间牛皮制成的皮带，抽打我
直至屁股和大腿布满蛇般的鞭痕。
有时是罚站、饿饭，像熬鹰一样
让我屈服。当我身高长到和父亲平齐，
他就不再打我。也许打人的权力
和这瀑布相似，都源于某种落差。
那些创痛早已不见于肉体，但它们
并未真的消失。今天，当我看到
瀑布携带着不由分说的权力
击打着岩石，那些隐秘的伤痕
就从我身体和记忆里飞出，

随物赋形，让周围每一件事物
都变成创伤的投影：它们化入
田间的牛、林中的蛇和天空的鹰，
或者变成岩石上满布的裂口，最后
与眼前的竹子、树木重叠为一体。

我体内的动物

我体内有一头动物。
我知道。麻烦在于，我始终
不清楚那是头什么动物。
我怯懦时，它很像是
有一点风吹草动就往洞穴里
退缩、躲藏的尖耳朵兔子；
愤怒时，又从洞穴里冲出，
像一头咆哮着进击的野猪。
如你所见，我常常显露出
羊的驯顺、牛的坚忍和鹿的温柔。
还有狼的残酷、狐狸的狡猾，
熊的大腹便便的笨拙和镇定。
你见过我理智的时刻：一只鹰
所具有的宽广视野，精准如闪电的目力。
我的孤绝，像天鹅一般在高空
呼吸着稀薄的大气。
但也有另一些卑微的时刻，
变成学舌的鹦鹉，或再也飞不起来的
困在笼子里、任人宰割的禽类。
我向往海洋，仿佛体内有一条鱼
或一头海豚；但我根本不会游泳，
也不能像那些善处江湖的人
一样翻江倒海。我身上
还有一些虫子：好斗的蟋蟀，

爱蹦跶的蚂蚱，饶舌、聒噪、
惹人心烦的鸣蝉。
当我在家中待着，宅在某个房间
一动也不想动，我觉得自己
变成了某类线形的寄生虫。
那么，究竟是哪种动物？莫非
我不是一头，而是一群动物？
对于这个问题，你笑而不答。
我知道，无论何种情况，
你都会同样地爱我、包容我；
但我仍然不清楚，这究竟是因为
你也是和我一样的动物，还是说
你是为各种动物提供活动区域的
一条河、一片森林和一块牧场。

交替

我听到啄木鸟在清理树木。
织布鸟绕出巨大的家的纺锤。
树林，好像工厂，每棵树
都是一个小车间，
准备好了不同的工种。
人类劳作，正如人类歌唱
对鸟进行着摹仿：从石之尖喙
在燧木里啄出红虫般的火星，
到一万台织布机同时开动的轰鸣。
历史是劳作，而劳作是痛苦——
无法像消失的燧木，从火里隐退；
却是自缚的茧衣，越缠越紧。
下一刻，织布机被捣毁，
火星燃起大火，将世界焚烧。
我听到无家可归的人们

发出叫喊，如同啄木鸟和织布鸟
在着火的树林中相互呼唤。

配音

默读时，我会在想象中
给一些诗配音。
在我手上，诗集像电视屏幕
一样摊开，目光扫过，
那些文字就有了活的色彩。
如果是友人的作品，我会让
他们用自己日常的声调朗诵：
一位朋友气息中的低沉、虚无，
另一位带着麻辣火锅味的方言，
还有已去世的同伴
夹杂湖北口音的普通话……
就好像多年前酒馆里的宴饮
仍在继续，我们仍在火炉边
凝望着窗外的雪花。
对于那些未曾谋面的诗人，
我会为他们配上动物的语调：
一头牛的悲哀、坚忍，
禽鸟的激越和清澈，
虎啸般的愤怒或虫鸣的凄清。
在时代的严峻中，我总能
听到万物不平的啼鸣、战栗，
从圆月的镜面反射而来的回响。
而那些早已作古的诗人，
我让他们的声音化入自然的气息：
天空的惊雷、暴雨，大海的涛声
或海涛平息后的宁静。
有时我在山中读诗，会看到

书页像树叶一样翻动，那些文字
从书里飘出，
变成了林间的一阵风声。

黑洞凝视

遥望夜空时，有人告诉我
我们死后，灵魂将化作天上的星星
生前留下的爱和念想，所有
不能实现的渴望，都会聚合为
热核反应，从内部发出炽烈的光
头顶，银河灿烂，汇集着多少
美丽的灵魂——多么宏大的愿力
和刻骨的孤独！但星星或灵魂
也会死去，埋葬在天际
那些被称为“黑洞”的墓地
那里，数以千亿计的灵魂被囚禁
在无法逃逸中变暗、变冷
像最终的绝望，而绝望曾经是
最深的渴望，是永远消逝前
用尽全力发出的最明亮的光
此刻，我看着一张黑洞照片
看到即将被吸入、沉没的
那一圈如同悲伤眼眸的光痕
觉得它并非某个他人的凝视
而是我的灵魂，在未来死灭前
向自己投来的最后一瞥

听的诗学，与心智的极限

——读一行的近作

/ 方婷

听，是一种有意识的进入，也是等待，但并非对声的占有。它期待划破一个表面的世界，就像手指的指腹触屏时的某个瞬间，点开的这个世界是一个深渊，和更多次元的世界，但不是纲与目的世界。一个混沌着又不断微分的世界。在写作中，那些黑暗的部分因为语言有了一点光亮，更多的时候是黑暗与黑暗的相互挤压产生了一些火星般的力与象。如黑暗中与某人的对视，你越是睁大眼睛，越是看不见对方，这时，摸索和试探就成了眼睛，在摸索和试探中，听就成了眼睛。另一方面，与黑暗体验紧密联系着的绝望感和失败感有时会让人想要更深的独立与自省，在一切感觉向外延展时收缩回自身，倾听就变为了向内的凝视。

一行最早的诗也热衷于对黑暗经验的体察，有时是怒目式的，有时是幽冥式的，但我觉得这些诗作部分地倾向于美学意义上的写法，从残酷和流逝中发现所谓的美，其中黑暗常与死、夜、灵、血形成一种同构，带有很强的画面感，甚至有时是戏剧式的画面感，诉诸“看”和“氛围”是这一部分诗歌主要的构成方式。同时，早期的诗歌也带有较强的观念色彩，但这种观念主要源于智性的“理解”，而非陈述某种道理。这些原初的写作兴趣在其诗集《黑眸转动》中都能有所发现。而且，从这一部分写作中还可以看出他在诗歌空间扩展上的野心，即如何在诗歌中沟通不同的空间世界。

这一写作态势在他最近几年的诗作中发生了改变，早期对黑暗经验的洞悉、观念与空间的兴趣仍然潜在着，但在写法与构成方式上却产生了很大的变化。也可以说，不只是写法上的，也是趣味上的，理解和认识上的。一方面，他这几年写得特别勤和高产，这期间他尝试过很多形态的写作，几乎每年都会有一两本自编诗集，《新诗集》《超验集》《异象》《论余集》《无风集》，另一方面，他的诗在写作技艺上也有所革新，以前频繁使用的描写和明喻系统产生了新的升级，可能这与他将诗歌写作视为与诗歌批评相伴而生的产出有关，这些近作中也包含着对之前诗学观的部分修正，其本身也携带着他诗歌批评的立场，但不是分类和风格意义上的。更重要的是，这种提升包含着技艺与心智的同步成长，是他自身生命的显露。如他自己所追求的，诗歌语言“是否具有与写作者的生命时间或生命状态的匹配度”。在一行的近作中，我发现了“听”的很多可能，也发现了“写”的很多可能，还发现了心智与意识的可能。

听的诗学首先意味着在各种噪音中去发现那些真正有价值的构成，但又不是以隔离和排除的方式把噪音背景化，或者修建一堵白噪音的高墙，沉浸在虚拟的快感之中。噪音以各种事件、知识、念头、记忆、形象、情绪、欲望，及让人欢乐而沮丧的存在纷扰着，产生混响，有时这些噪音就是从我们自身流淌出来的，是我们自身历史的一部分。诗人的能力并非将那些冗余和芜杂的部分斩断，而是让它们在写作中变得清晰起来。就像乡愁并非对故乡的美化和童真化，它不应该回避故乡和往事的凋敝。在一行的近作中，无论是写观念、记忆、想象，还是体味阅读和写作本身，都只是展开这种构成的不同方式，它们最终指向诗人如何真切地感受到自身的存在，如何理解与认识这种存在。

对于这样的写作，诗人并不着意表现为叙述和想象的才华，而更应表现为一种提问的能力。从用词的态度上看，“听不到的声音”“不可察觉的死”“读不懂”的书，“并不热爱真理”的我，“无法看到对方”等，这些否定性的表述，都倾向于在问：我们何以听不见，读不懂，察不明，无法理解？人感觉到自身的无知、无觉、无能、无力究竟是因为什么？而另一种用词显示，“再没有听过”“再没有见到”“再没有到过”“只能”“只有等到它”“只有一具空寂的身体”“早已遗忘”“已经耗尽”“不肯流动”“永远不要被再次包裹”“向自己投来的最后一瞥”，这些带着终极意味和唯一性的语态，既暗示着某种绝望和决绝的心境，也意味着对诸种幻觉的消除。无异于变相地在问：是什么把我们推入绝望的处境？这种沮丧对个人意味着什么？但我也认为，它们不应该只是一首诗的尾声，也应该是写作真正开始的地方。

在《蜕变》一诗中，他写道：

如果，你醒来，眼眶像窗一样
张开，你会看到我
进入你梦中的样子，像是蜜露
被风吹动，滴落进你洁白的头骨
那时，你的梦刚刚被果核吸入
而我是树下的一棵青草，正目睹着你
如何褪去血肉，成为一座年轻的蚁穴

这首诗与《醒来》一诗，在诗体和感觉上都有点引子的意思，类似组诗的序曲。颇有一点禅悟，也可以形成互文：

午后，带尖锥的鸟鸣如同
未拔除的楔子卡在耳鼓。
窗前反光仍在与雪人切磋。
记忆如此幽深，正返回的我
和此刻从床上爬起来的我互不认识。
远处有群山倾颓，有不可觉察的死
混入微微漾起的海潮或雷声。

其中的"我"和"你"，"正返回的我"与"从床上爬起来的我"并非人称和角色意义上的。梦和醒作为中介，将两者联结。它倾向于"我"看见自身的觉悟、流逝与寂灭。"果核"吸入与之前的"黑眸"转动存在形象上的同构。但如果用诗题"蜕变"来定义这个过程，绝望就意味着某种开始，类似于德勒兹将死亡的书写理解为现代文学的真正开始一样。厚重的沉默裂了口，借由裂口接近了新的声响。蚁穴一方面有类似坟冢的意味，另一方面，蚁穴也倾向于众生和尘世，一种容纳与虚己。"不可觉察的死"微妙地关联着"微微漾起的海潮或雷声"，一种从远处传来的、隐秘的、正在酝酿中的声息。听见它，意味着听见了预言，也洞悉了天气。绝望由此发展为对限度的穿透。

诗人听见的声音究竟是何种声音？无须赘言，《声音》一首已经做了充分的描述。这首诗以“听不到的声音”为中心，逐渐推进写作的层次，并通过分辨的办法展开“声音”的深度，这首诗的难处在于言说不可言说之物的困境，既是修辞上的，也是感受力上的。如何既要从智性上让“这种声音”清晰起来，又要从形象上让其真正可感。一行的办法是不断地用具有层次感的比喻，及对比喻本身的描述和细化，强调这种声音的内在意味与形象，它如何从沉默中涌起，摩擦着，震荡着，与我们的生命融为一体。同时，在比喻的进阶中，又强调这种声音依赖于说的转化，默读的转化，意志的转化，以及更本质的听的转化。最后，“声音的尽头”在某种意义上也可以说对应着“绝望”之望：

这声音并不消失于寂静，而是消失于
每一个声音被寂静弹回时发出的声音。

这是《声音》结尾的诗句，展开了一个类似回声的区域。回声是声音从不同角度的向声源的折返，持续的震荡和绵延。回声式的诗，带有很深的自省的意味，诗人经由这样的写作，去探索意识的边界与心智的极限。如一行在前诗中所分辨的，是声音如何回向了听者，而非听者听见了声音。“记忆”也是回声的一种形态。作为理解和把握世界的一种能力，一种意识的回声形态，对记忆的书写，关涉到诗人展开细节的能力，对自身历史的修复与澄清。

“记忆”书写在一行近作中所占比重较大。但他的用力之处不在于要复原记忆中的片段，而是通过各种不同关于记忆的写法，对记忆进行重新发现与重新定义。《讨水》一诗给人的观感类似是枝裕和电影的某些片段，一种克制的、朴素的描述，“宛如走路的速度”般，没有激烈或难忘的故事，只是一个从时间中裁出的日常场景，却有特别的氛围持存在了记忆里，云层投下的“舞剑般的清光”，在记忆中逐渐变为日后难以撼动的“舞动的剑光”的印象。《无光》则用一种类似散文的、废名式的写法，不为说明什么或传达什么，一种含蓄的略显哀苦的处境，好在结尾破除了不以物喜不以己悲的天地不仁。《因果》则对记忆中的某个印象赋予象征的色彩，执着于时间冲不破的、淡化不了的部分。《重叠》带着记忆的支离感和静谧氛围，雨声悬停在今昔之间。《梅葬》在诗的风度上，会让人联想到张枣的梅花或吕德安式的写法。但张枣带着“王”的优渥，一种古典的“雪尽马蹄轻”式的情调；吕德安带着清冷的感动。而一行的诗则更近于开合的写法，活化梅花场景的意象是黄鳝笼中“那柔软、密集又攒动的景象”，生之腾挪与死之寂静的冲撞。

而且，他对记忆的发现并不回避那些哀伤的、恶感的、羞耻的体验，如《鸡鸣》《暴力的愉悦》。这两首诗都带有明显的暴力和对暴力的反思，折射向现实。鸡鸣在孩子经验世界中建立起的纯真感和秩序意味，在声音的斩断中被人为终止，由此，孩子首先是在声音中通过想象经验到了暴力和黑暗。而《暴力的愉悦》一诗则试着回答，暴力作为一种意识是如何在自我身上发生的？它关联着什么？在所谓的游戏中逐渐成长起来的鼓动、越界的欲望，是否是暴力的源头？《体罚简史》抓住瀑布与鞭子在形象上的关联，以这个象喻为中心，构筑了一个微型的关于训诫的成长史，痛感来自对权力与规训的反思。

其中还有一种关于记忆的构成，是事物、空间、色调或知识如何依托于人和事成为记忆里的一个星座。如《稻草垛》《红砖楼》《体罚简史》，也包括《π》。一行的做法是为这些词与物搭建一个记忆中的时空场景，用展开细节和质感的能力告诉读者这种时空如何渗透进我们的意识深处。《红砖楼》构筑了一个记忆中变迁着的压抑和灰暗的空间，其本身也是历史的某种色调。《稻草垛》中，草垛因为疯姑姑成为记忆中温热、可爱的事物，但焚烧的真正意义最后才到来，尾声与《鸡鸣》有相类之处，他会为不同诗的氛围选择贴近它们的比喻与比喻的细节。《π》中知识作为一种与我们的理解力完全不匹配的部分，如何通过强行规训成为被困的命运。

值得注意的是，这些关于记忆的诗，其尾声大多被导向消失，但并非物是人非的挽歌，而是对逝去本身的告别，它们如何顽固地留在了意识深处，并经由反省进入到世界观中。变化的不只是物与人，而是承载着物与人的整个时空已经不存在了。这也就是我们今天的写作无法再通过记忆美化那个农耕和田园时空的原因。

除了记忆的回声，在一行的诗歌中，还能看到一种更欢乐的诗的形态与声音，这一类诗体量上更庞大，语言的流速更快，空间和形态的转换也更频繁，有时像一个诗人写作中与自己意识的竞赛。在修辞上，转喻的运用在这些诗歌中得到了很好的发挥，比喻的质感也更细腻。而且这些比喻带有一种迁流和位移的特点，随着诗的展开不停靠岸。

《雨将至》《此刻》两首很具有代表性。《雨将至》一首的写作状态很有一些思接千里的气势，展开了一个人写作中意识和心灵活动紧张又微妙的过程。在语言的急速流动中，写作与意识博弈，即纸笔如何承接万象流动，写作的语汇与风浪中航海的语汇聚合交替着，直到一个清晰而平静的画面出现，意识也渐从幽暗中明朗起来，诗人以每一个毛孔领受写作中每一个词的使命。《此刻》的写法貌似看到哪里写到哪里，营造出语言的原生状态，“此”作为一个时间概念从流动中剥离出来，在因缘聚散中变为一个空间概念，又因为人在时空中被抛出和被摧毁，进而变为命运的概念,因为受困于“此”,又变为主体的返回。从修辞上怎么使用“此”，生存上就会怎么呈现“此”。

这种在多元和广大时空中的切换，在一行的其他的诗歌中也存在，它们构成了对意识边界的探索。《欢乐》如题，虽然是一首用格言体写的观念诗，但诗的推进方式恰是通过这些格言形态来变化的，从判断式的格言，到象喻式的格言，到辨析式的格言，到祈祷式的格言，最后欢乐达至一种寂静中的跃动与敞开。《水的阅读》以“诵读声”为联结点，在日常世界、知识符码世界与自然世界之间来回跳动，听、读、译、记成为这三个世界之间主要的转换与聚合方式。《欲念》中的观看之道在于人的意识从实在世界到沉思世界，到想象世界，再到概念世界，最后重回想象世界的迁移。我把这种写作从声与听上理解为一种了动群息式的写作：

时间山谷中传来的回声。此刻是回声，是声音
准确找到的回归的路径。我们沿着这条路
到达所有的道路，到达所有道路的起点：
通过此刻，我抵达我自己。
——《此刻》

纸笔有限，综观这些诗作，每一首诗都有其独特的构成方式。无论何种写法，一行真正关心的是意识深处的问题，如何在每一首诗的写作过程中将心智推向极限，这种意识有时是扩散的意识，有时是深挖的意识。从这个意义上理解，写作并非沉思生活，它也是超越自我和理解世界的行动。而这种写作的意义也在于从听的可能、写的可能，及意识的越界中，感受到写作和生命本身的活力。正是因为这种活力与自省，才让我们可以说，对于一个诗人真正的成长，诗始终是未完成的，逃离定义的。

2019.11 昆明

王建

《痕》

粉画

108 × 78cm

2018 年

王建
《滇红一拂》
油画
140 × 70cm
2012 年

组章

夏末十四行

/ 林莽

夏末十四行 · 入秋

一场小雨就入秋了
突然想起故乡的井水
用柏木捅提来的清冽的井水
在葡萄架下微微地闪动

蝉停止了聒噪的长鸣
暑热正渐渐退去
月光下的庭院
微风摇曳着婆娑的树影

入秋了　曾经的若有所失的少年
绕过村边湖水潮湿的堤岸
依旧怀想着那些无法实现的夙愿

风吹过故乡的原野
舌尖轻舔着铅笔尖的微凉
心中鸣响起雁阵的诗行

夏末十四行·海浪

面朝蔚蓝的大海
白色的波浪一层层地推过来
这永恒的时光的进程
从来也不曾停息过

生命的潮汐
从那颗小小的受精卵开始
我不知道那些人间的悲苦源自何处
它们一定也在祖先的记忆中潜在着

必然会经历一次唤醒心灵的击打
大海无垠　星空浩瀚　我们醒来
斗转星移　海浪一层层涌向堤岸

它永恒的节律给我们安慰
而在我们的背后
就是那个谁也无法抚平的人间

夏末十四行·评书

下课的铃声响过后
我们急匆匆地穿过妙音寺的夹道
鸽哨鸣响着掠过晴空
此时的庙会已接近了尾声

白塔高高地耸立　投下它巨大的阴影
华盖下的铜铃偶尔发出渺远的铃声

说书人在大殿高台上的场子
依旧围坐着许多听众

月板清脆　弹三弦的盲人仰着头
仿佛总能望见天空的那盏神灯
说书人用沙哑的嗓音唱出了戏剧人生

这一晃已经半个多世纪了
我挤过人丛侧耳倾听　时空转换
那么多人与物叠加在我少年的心中

夏末十四行·前世

这片淡蓝色的土豆花我曾经见过
在一座古寺旁的山坡上
傍晚的薄雾在渐渐地聚拢
那些白杨树长满洞察前世的眼睛

不　不是梦中曾经出现过的地方
这里我一定来过　木鱼声声
令我们虔诚地垂下头颅
时光飘逝　伴着那些淡蓝色的花朵

那面朱红色的寺院矮墙
遮住了佛堂的烛光　夜色茫茫
江水永恒的激流将往事涤荡

群星在头顶的上空明净地闪烁
山脚下　一列灯火昏黄的客车悄然而至
又很快地潜入了无边的夜色

夏末十四行·茉莉

他年的旧枝有时也会绽出新芽
一朵茉莉的幽香飘满了曾经的盛夏
而我刚刚理解了另一种温润
一对衰老嘴唇的轻吻化解了半生的怨恨

隔着理念空间的人们
根本无法知道彼此的心意
历史往往被概念化后
输送给了某些一知半解的人

在一个不成熟的季节里
我看见许多畸形的植物铺展开藤蔓
将有毒的茸毛散落在它的周围

我听见　一个前辈在指点一个后来者
因为理念的错位他们必然会背道而驰
这世界　只有时间能将复杂的事物趋于澄澈

夏末十四行·积雪

山冈上的积雪还不曾消融
这里的鲜花开了又谢　谢了又开
欧芹　鼠尾草　迷迭香
一件白色的亚麻衫在风中飞扬

那盘桓于古战场上年轻的灵魂
谁能为你带去斯卡布罗集市的慰问

在鲜花簇拥　青草葳蕤的地方
一位忧伤的姑娘对着大海歌唱

这首古老的苏格兰歌曲令人陶醉
它让我仿佛坠入了心灵空荡的山谷
迷失的岁月　如往复涌动的海浪

生命逝去　灵魂升起在天上
那座我不曾到过的有集市的异国小镇
那首源自灵魂的歌曲令人无限地哀伤

夏末十四行・静息

室内的灯光暗了
我看见窗外的柳林在夜色中晃动
心中回荡着遥远的琴声
自我放逐的人们听到了内心的悲鸣

那些少年时的梦想
在某些瞬间还会再一次闪现
夜鸟凄厉的叫声过后　这世界更寂静
无法实现的夙愿也已消失得无形

痛苦和失望在湖边的座椅上
蝉声嘶哑　我在自责中懊恼
煎熬中的夏日正渐渐退出闷热的酷暑

你　在一个梦中匆匆地行走
室内的灯光那么幽暗
月色映出了薄纱后的窗棂

夏末十四行·青藤

苔藓和灰绿色的水渍布满了粉墙
高过黛瓦的丁香树扭曲着虬枝
古朴奔放　交错有秩
仿佛隔着窗棂读懂了先生挥洒的墨迹

青藤书屋　江南旧城的一道窄巷内
前人草履曾踏过的泥土
如今是一条青色条石的路径
我们与文长先生相隔着怎样的时空

满月门中的腊梅　古藤和天池
方寸间呈天地洪荒和一颗文人情怀
“天汉分源”“须知书户孕江山”

因绝世的才华而无法入世的徐渭
淋漓的笔墨泼洒在粗鄙的草纸上
芭蕉挺拔仍会泣雨　潇竹节节逆风而生

夏末十四行·书信

是命中注定的那个时刻
午夜　一颗星在天际闪动
握在一起的手依旧是拒绝和冰冷
一封信在某一刻化作了黑色蝶翅

你在最无望时书写的文字
有着火的烧灼和悲情中的憎恨

一颗星在天际闪动
曾经的一切正随火焰一同消逝

在那个命中注定的时刻
记不得是山海相隔的那一年
不再是幻境中的相悦与温存

我们也曾在心中反复地询问
本不该发生的在许多年后已经发生
为什么那个时辰不再是一个美好的时辰

（选自《扬子江诗刊》2019 年第 6 期）

过长城

/ 北野

过长城

过长城，向北，匪寨和寺庙渐多
高崖上，旗帜晃动
青头皮的是和尚，长头发的是寨主
那边说：替天行道
这边默念：阿弥陀佛
度人，杀人，虽然干的活不一样
但都让人不知所措
我知道流水无情，星辰隐秘
每个人命里都有劫数
禅门和寨门，摆在同一座山冈上
入我门来即是信徒
斯世纷乱，我到底该信谁呢？
向南的路，大海连着被淹死的国
向北的路，黄沙埋着被毁灭的国
中间的群山，藏着聚义厅，肉蒲团
藏着殿宇、梵香、大王坟
外八庙的金顶上，有人举着火把
在半夜刮金粉

那是从东瀛偷渡来的贼人
避暑山庄楠木殿里，皇帝枯坐
夜夜悔恨不该轻信了一个
甜言蜜语的女人
待到月黑风高，一伙良民啸聚
天灾就变成了人祸
风捶着石墙，一遍遍喊：孩子回家吧
无动于衷的人里
有刀头舔血的匪，也有修行多年的佛
我的北国啊
此去关山千里万里，风中消失的
都是命运中的过客

武烈河

捞苔藓的汽艇，在夜幕里
突突突地响
它代替了龙旗隐晦的官船
对一条河的发言权
夜钓的渔夫，顺着河岸溜鱼
他尖着嗓门喊叫
像一个兴奋的太监
我在河边的阴影里，看着对岸
芦苇招摇，半明半昧
白鹳在它的深处建了一个新巢
取代旧巢的，是水幕里
一盏雪亮的探灯
虹光流入河水，星空泛起无语的漩涡
宫门今夜早早关闭
演皇帝的人，是一个阴阳脸青年
他在凉亭吃烤鱼，喝啤酒
脸上的油彩，浮起前朝的乌云

高崖上的魁星楼
需要为鹅冠道士反复表白
才能猜透举子们隐秘的未来
而送急报的驿马，是从京城赶来的
马蹄激越，哒哒哒敲着黑暗的石板路
时间的肚腹里，像有一双手伸出
一路撒着冰凉的铁钉
这些尖锐的芒刺，一直扎进我心中

草原

在冬天，牦牛习惯用卷舌音吼叫
肚子里的冰碴水
像一串碎玻璃，缓缓流进暗处
皮毛直立，雪块滚下双肩
牛车拖着毡房行走
猎狗在天边，舔着车辕上的冻肉干
牧人念诵，牧人一遍遍念诵啊
额头上漆着太阳的光
在白云和蓝天的湖水之间
它们是新生的废墟，流水的枯骨
它们是天堂里宝石一样的黑暗
我原本骑着马，孤身一人
在时间中远行
我原本领着一群马，铺天盖地
卷入命运和风暴的中心
我原本死过多次
今天就再死一次吧，无非是
大声唱歌，用一场身体里的雪崩
和群山雪亮的峰顶相撞
被卷入人世间，突然喷涌而出的
一阵狂风，然后安静

然后，无声无息

饰品

我用鹿头做壁挂
白云退却。能得到草地的，另有其人
本来它在啃食，啃尽书中
所能描述的一切花草和针藻叶
《进化论》记录下了它身上的阳光
和斑纹，那就叫它“进化论”吧
这个迷人的少年
但它，却把头伸进了《植物论》
想从中找到一个食谱
但一对漂亮的长角，却卡在了
读书人的窗口
透明的橱窗中央，它的卧姿上
盖着一束追光
我听见它呦呦的叫声
像个无力的童子，纤细的身子
好像站在月亮的梯子上
两只鹿角，在风中轻轻晃动
为我送来源源不断的草地
和月光的碎银
这个忘记了奔跑和飞翔的麂子

鹿鼎记

据说，猫和鹿的血缘很近
我知道猫的来历，却不知道鹿
现在，它翻过山冈，突然就来到了
我的面前。我想，我们曾经驯服过的
那些动物，基本上都是失效的

当它看见我，我已消失，或者我等同于
另一个不可解的兽类

它兀自惊觉，跳开，被迫冲上山冈
陷入遥望和逃命的幻觉
我意识到，它的茸角会无比锋利之时
它的颅腔里正涌起一股热血
树身里的斧头，转眼成了明晃晃的锯片
它愤怒，挣扎，眩晕，但这些
都基本无用

我们在风中，扯着一片抖动的丝绸
看着颜料喷洒一地，变成水和火
我为此理解了它的舞蹈和狂奔
理解了它在我怀里，惊恐地尖叫
变幻出的各种腔调

但我还无法理解，它血液里蹲伏的
到底是什么？薄命的王子
寂静的公主，恋爱或飞翔的孩子
在断崖和草莽间急速隐遁
——更多的图谱，需要通过草木的瞳孔
继续变形，最终得到确认
或只剩下我，我们
披着鹿头饰物，呦呦低唳，等着一群
头角明媚的牡鹿，从夕阳里返回

殪虎碑

“剖出虎胆吊在腰上，出入
都有雄风，但它并不代表一个懦夫
在衰老之时，会突然发出尖叫”

猎户不知道老虎在洞中的盘桓
已经用去了三百年的机警和时间
它积攒的坏脾气，日复一日
并从中抽取了一身黄金的衣冠

告诉我，山涧怒水挣扎
岳乐围场飞过的鹰，抓着曲铁蛇
但它会自己绕过陷阱
皇帝布下的阵，有必死的杀机
词臣们准备好的赞美之语，都带着
不动声色的伪装
天子的嗜好是敲山震虎，妃子们
则喜欢吃野食，然后用脂粉涂掉嘴唇

史官说，鸟铳嗵地响了一下
虎啸，三扑，漆黑的悬崖，喷出血迹
这孽障夫妻竟带着两个儿子来拼命
时空中的老虎呵
死亡已掐住了它瑟瑟发抖的心
皇帝杀机已动，我再也无法
藏下你暴怒的形迹
天子说：你们要从老虎的身子里
学艺，杀人，诛心，剔骨
年年带来子孙的马队，刀弋如法
不可废弛
虎皮离开的身体，有谁知道
它是覆于殿堂，还是埋进淤泥？

（选自《民族文学》2019 年 11 期）

我正在经历你们的童年

/ 尹丽川

致女儿

就像鲸鱼和火山
你们总唤起我一种强烈的情感

我正在经历你们的童年

这是忧伤的快乐
这是百年孤独
这是红楼梦和窗边小豆豆
这是一个人在淡蓝的海边
吹起了口哨
念天地之悠悠
光阴有海风潮湿的咸味

青春

有些夜晚像下雪的夜晚一样寂静
心事也纷纷扬扬，有如细雪

活在人世
我们是烛火融于灯下
而每当时光坠入旧时光
那些温柔的情景就重现
你在月光下大声歌唱
眼里闪动光芒
每道水纹都泛着月华的鳞片
青春是一个混蛋的好心
是铁渣中的黄金

这次很快乐

一对老夫妻送另一对老夫妻
送行的老头，抱着一箱水果和一箱牛奶
一直抱着，直到过检查关口，才把两个箱子放上传送带
两个老头对望，伸手握了一握

被送的老太太，忽然道：这次很快乐
送她的那个老太太，就拍了拍她的肩
用手拈去被送的老太太毛背心上不知怎么粘上的一根线

他们挥挥手就此别过，都没有说再见

所有的绿

成为一个摇滚歌手
和当一个银行职员有何分别
四十岁上
都会离婚
都为孩子教育烦恼
纠结于何时移民
遗憾地发现

二十岁时恨的
和四十岁时爱的
差不多是一回事
当然还都会信佛
藏历马年
去冈仁波齐转山
看见一个老牧民
在途中往生
有那么一刻站在了远处看自己
又用尽一生去融入此刻
世间所有的绿都绿进了一片叶子
即便如此
我们还是不关心宇宙

别后

——赠 M

我知道青春碧绿
我见过万物金黄

朝东是明日
朝南是过往
朝西是极乐
朝北是星辰

你在火车上读着诗集
沉沉睡去

念想

我想住在依山傍水的屋子里
我的一些朋友

正住在依山傍水的屋子里
我住在
依山傍水的念想里
我也住过依山傍水的屋子
无事可干，再没有念想

是谁讲了一个笑话

——纪念故人

一张十五年前的南京旧照里
不知谁说了个笑话
大家都笑了
当中一个大笑着的
叫外外
一年半前　骤然离世

那夜之后
几个朋友送我和阿美去机场
外外亦在其中
路过扬州岔口
毛焰开错了路
又不知谁说了句
不如一起，去扬州吧

那时也并不很年轻了
也许正因如此——
心无挂碍　齐上扬州
一路喜悦　稚童逃课
心如旷野　举目光风霁月
老韩认真地讲
就这样吧　不回去了
就此成一种族

随念而行
四海为家

十几年后　外外离世
留下千行
生前不曾被他的诗人朋友们
读过的诗

当年我们若继续东行
族群可会昌盛　还是凋零
可有税赋　抑或移民

我印象中　外外温和
总在微笑　可印象永错
照片里　他正大笑
到底是谁　当时说了一个笑话
令所有人都在笑
一定、真是
真是太好笑了

无题

生活显出父辈的风貌
而我们并没有子嗣

有子嗣的夫妻携手回家了
那是我的男人，我的女人
他们普通又疲倦

清冷街，红灯笼
大家遇见时嘘寒问暖
别时也依依

生命总是在好人的微笑里
道出了悲凉

而每个好人都如同洪流
裹挟着我们向前

少年游

我想和你一起
在被弄干净的城市
做一回少年
而不是和你
在被弄脏的乡村
回忆童年
没有童年
五岁前的事情
从没发生过
我们生来就迎风招展
上了小学
上了初中
上了青春期
上了当
上当又还有救时
最快活
坐在街边台阶上
那满满的风
满满的心事
爱恨和雄心
溢出来的少年愁
真是天边白云一朵朵
世界都低头

在我们的掌心开出花来

平原

生活一马平川
不再有涟漪、险滩
也不再见高山

生活就像平原上生活的人
朴实又狡黠
佝偻着背
目光炯炯
一切都熟悉
都已然发生
我们辩不过这些人啊
可他们又赢了谁

漾

时光荡漾人心
我只记得美好的事

还记得一些
不曾经历的痛苦

如微光下的水纹
暖风中的荒草

“晚霞中的红蜻蜓
桑树绿如荫”

每个人的手心里

都握着一片真相

可真相如冰
握紧就融化
松手亦不得

（选自《汉诗》2019 年第 3 卷）

夜归人

/ 曾纪虎

在熹园

在熹园，生活的某一阶段，大圣和我从旅舍出来
无意把行人的面容，或者他们个性的任何外表迹象
留存于记忆中；纯粹为陌生吸引
似是万念俱无，百无期待

在熹园，醒来的词为空无之花戴上
徽派漆、层楼、回廊；我在树荫下翻读《重点所在》
水边，手执折叠小洋伞的她
肯定了星江河梦幻、翠绿、过度的一面

但是，壁虎翻转白而冷的肚皮吸收花下阳光
观景台上画出纸片线条和无心智词语
取悦于自己的窥视，如同对自己进行一场郑重的拜访
老男孩们汇聚，登幻觉之舟

但是，各种绿的反射往返于不安之中，人也不是光亮之物
而是绿的某种遥远的历史性的呼吸

活在遥远的生活中和活在隐名的生活中
连着日常生活的恒久幻影

但是，整个峡谷般的婺源，街道上
漂流着浅淡的不宁的真实
那里，房子、酒店、石头、峡谷春茶、街头小广告
每一处的事物都有其他事物的痕迹

无用

不是的东西并非不在
时机停下来，一座房子，闲慢异常的细节
它环形的碎片宛如歧途

空气中，执意延展的头颅长上翅翼
仿佛，恐怖和庙宇性的欢乐妙不可分
在城乡接合部，废弃的楼盘不是你的

它们属于本地夏候鸟的歌喉
这些形如鬼魅的生灵，体内的篝火晚宴将会藏有：
暗红的沙粒，无垠的丝绸，玫瑰洞穴

你说我会爱上哪一个，在这无用中年
厌倦是好的理由，在光阴反复的一刹那
蓬头垢面的天之子正推动山川旋转

泅渡

秋光下，在公社乡村的窄巷后
那能裁行云，剪流水的，定然是一位妙人
记忆总在修剪，时与地，那种并非如此的感受——

既有悲伤，也让人心领欣悦
二十世纪七十年代的初月，它已君临上空
在恩江的一处小沙洲上，筋疲力尽的顽童熄灭了心愿

劳碌完的牛群；它们的脸，模糊的面具，伸出水面
我们知道，水流过的声音；我们知道
灶膛里升起火苗——不是为自己准备的

这一群在傍晚时分泅渡归来的生物
有时是我们的玩伴，有时是负担
时光会改变它们，以故意的神秘

显示它们，如同拉长的摇摆的梦境
并且判定它们，像水和空气一般永在

夜归人

在早到者的空间留下你身体的痕迹
在败坏的公井旁，你的身影，消失在一片黑暗中
熟知的旧人长睡不醒，好似死去已久

漫天星斗的苍穹下仍有诗人的圆柱
这一世界，越丰富就越糟糕，失去引力的可能性
你看到美人们迷人的后裔，他们是不快乐的

人的杀伐出自世纪之心——
既然土地不能称之为土地，因它已被驯服
丧失应有的对话和循环

既然，空洞之人成为人，那无所不在的面具
你还能有所畏惧，有所恐怖
为何，你还能怀有不合时宜的乡愁

图案

百合色的手指是他人的，并把它
弄进生长着的情欲中
鹈枭们在高树上飞走，接替了鼠神的销魂

一个低估了的玄学家的物体图案
一次尝试，规则，弥漫间接忧愁
逃走的东西经由那里，传递给邻人

——一个躺在草地上的人形
要借助孤立分解出新的意义
他珍藏的小诗将有更多别致的病毒

幽窗劳燕，玉树坐在火中
他不是偶然地走在死亡的路上
有如那必然的另一个

端午前后

端午前后，步行者的脚步移近山林
在自然之眼中，我们的事物裸露
她粉白色的唇瓣，移动
如下沉的弧线

傍晚，一条田埂连接了两个傲慢的农夫
寂静而缓慢的秧苗
空中，微风、橙色落日
荒芜的似要飞走

归途

初冬，隐藏者能找到想要的秋果
他搭上 61 路公交车，经过阳光梳动过的防洪闸一带
奇怪于有意为之的聚会

在天祥公园，芳香散去
眼看时间还早，就着一次暂且的步行
考虑纯然快乐的辩护方式

人生始于忧患，诗艺专注病痛
经过数日盘桓，一块根茎，一次碰撞
他的诗句完成了变化和不便表述的互换

飞过的顽童能过上什么样的生活
晚饭后，他将照例早早睡去

万物的形象如此迷人

昆虫的四肢吸附着夜色，事件无限
生命、写作和一切的事
不过是些平常的、飘忽的、晦隐不明的时刻

年轻时我自负而厌倦于镜中的身体
局限在经验的某个领域
割舍了人、物和符号的流动

万物的形象如此迷人，予人悲悯而无怨
我生于此世，感同身受，又如何能
将叙事的无聊感无遗漏地展现在一人的眼前

思故园

吾心探入桃花，下午落地
从辽远的方位吹来，春风
触碰国土，不会再给予

能说到一起的人只得离开
他不与你分享，这驱驰南北的精灵
好似人生已经够长——

你要丧去，把更多空洞留给他人
人的异化如既定事实；大的侄儿
正从远路奔来，带一些故园风貌

立在春的蓓蕾之上
阴郁而无望地退场
把花萼的形状揉进人发光的脸面

我看到惊起的麻雀
它在两个小区交界处的空中来回飞
身披白金日光

惜旧日

我记得有限的一些时日
过去的天空飘着飞鸟尸首，年轻岁月
属于不恰当的、你的少年，我的乡村
何时你曾用实在的手将人抚养

朝着什么样的方向逃亡？为何我
有涣散双眼，以帮助更多快乐来临
我记取，银镯代替铁环，代替铜板

滚进池塘码头

小少年，脚踝在水里嬉游
搅起白水花，啊，他的脸荡向何方
人世微不足道，渐渐忘记一处春风
看到，成为雷同幽灵

明瓦、户牖、水杨柳、磨刀人，越转越快
碎屑返回恢复树的轮廓
我爬上一棵高树，在巨枝圆而实的交接处
翻起一本难得的课外书，那时

世界仓促似风而来
乡村在耳语、凋落

（选自《诗歌月刊》2019 年第 7 期）

夜色当前

/ 高作苦

夜色当前

弹弹琴，做做梦，为余生把把脉
指尖的高山流水托付给，窗外
连绵起伏的夜色，这是我梦里
隐喻的山脉？还是梦外
频频丢失的灰色鸽子？

是的，越压越低的飞翔
试图接近潮湿的河面，滚烫的星群
银河中跃出一匹马，一匹瘦削的、无畏的
激怒繁星　又被繁星隐形的马

我终于来到，次第绽放的浪花中间
浪花催人老。晾干的光阴抽走夜
最后一根肋骨，有多少匹马从冰凉中苏醒
就会有多少只鸽子从夜色中消逝，夜色转白
琴声中潜伏的黄金压断了十年的苍茫

在风中过往

终究，云和山分开
终究，白没能渗透绿
曾经，他们磕碰出
一群羊（被大风解散）
一匹马（驰往忘乡的歧路）
继后，黑和红蜂拥入谷，甜蜜的
死亡陷阱，橘黄的小灯，赴约或
痛饮，变旧或履新
这风中的一页，不忍卒读
山腰一棵树，被浮云磕掉数颗门牙
金灿灿，如欢喜佛

晨曦挣脱夜大海

一粒盐，洁白挟带着蔚蓝
它曾深入大海内部，又被浪花
抛上滩涂，军舰鸟飞起
一粒蓝色的盐在飞翔

雨中的大海，才是真正的大海
它用巨浪仍无法摆脱，一粒盐的呓语，依附
一粒盐种下的火焰，熊熊燃烧起来
风暴中现身的信天翁，一只，数只

还有更多美景，闭目方可看见
汗水滴穿的礁石，移到大海一角
一粒盐在大海中混迹一生，才得以
进入我的舌尖，一粒盐，横扫
海平面上所有的风暴，以及船只

军舰鸟挣脱我的视线，不知所踪
海岸线上的大黄鱼，金黄的阳光
不断倾洒在它身上，越来越多的盐粒
混入海边沸腾的人群，礁石带来的船只，从我身体
一只，一只，清除出去
此时雨歇，航线开阔，春光万里

被你删除之后

河流被删除后，在泪水里重现
沙漠被删除后，在绿洲里重现

旅途被删除后，在越来越宽阔的
风景里重现，黑夜被删除后
在黎明的哽咽中重现

山峰删除内心的浮云
天下本无云，庸人自扰之
一只只向悬崖攀登的蚂蚁
删除了自己孤独的歌唱

被你删除之后，我在山间漫步
每年杜鹃花开，都会映照我心
你的芳冢在万花之间，枝杈交错
被你删除之后，天地无期
悲欢与流水合为一体

大雨中，万物潦倒

那些东倒西歪的青草，必将随风而逝
在万物内部，有一场大浩劫、大洗礼
诸多星辰黯淡枝头，错失纵横起伏的道路

缓慢的货车，就是一口香甜的面包，一口一口
吃掉脚下泥泞的道路

树枝摇曳，家园快支撑不住，这银白的火光
冲淡的盐，在南方暴雨中，我试图抓住一些
无法抓住的事物，我被掏空之后，根部会涌出
黄泥——生命中难得一见的寒酸与悲怆

向山底奔跑，做暴雨的逃兵，去与溪流汇合
湿漉漉的我，丢失了身份，一个个藏身之所，被大雨扫光
雨中的我，显然不是平时的我，只是一辆熄火的汽车
等着山体滑坡，将往事夷为平地

异乡为虎

异乡温厚，枝叶繁茂，它曾是南中国
一个小渔村，它挽留了多少人的青春
而潮湿的你留下来，一别三十年
一粒种子在海边呼啸，蓝色晃荡

这只恪守中庸之道的老虎
吃闲花，上阶梯。雨声淅沥
降下更大的潮湿、晦暗
你衔尾入巷，浪花消散

三十年前，我们相遇
年幼的老虎崽，山峰入其体
侵其眉，细雨轻轻唤你，唤你
阳桃青青，木瓜树沿河奔跑向南

虎有其难

我们忧虑的事情，他从不放在心上
但虎有其难，是不争的事实
一只虎过河，驮不动万千波浪
他的透明，远胜一张白纸

略重于，百里之外的鹅毛大雪
又或者，虎隐其形，识人心世道
蹲如山岳，摊开则，乱柳纷飞
他在河边洗濯，虎形消融

到哪里去找回这样一只老虎
找回他的前世今生：七孔桥披散的瀑布
最艰难莫过往回走，往上走
一只老虎溢出自身时，山色已改

（选自《星河》2019春季号）

遍地灯火

/ 杨角

落日

每滑落一次
太阳就会
带走大地上一个人

在这之前
它已带走我的祖父、祖母、母亲和二弟
今又黄昏
四川的天空布满血丝

余生的日子都是难以释怀的日子
余生的黄昏都是悲悯的黄昏

总有一次滑落最终会将我也带去
一想到就要见到
久别的亲人
我有一种想哭的兴奋

湿地

冬日的湿地上
小草仍在种植水珠
树木忙于扔掉发黄的叶子
褐色的水藻已经习惯
在冷水里腐烂
一只鹤从远处飞来
带来天空的白云
突然它
伸了伸脖子
把人间的寂静提到了喉咙

遍地灯火

灯泡是受赠的旗袍
赠予红色，它就是红的
赠予绿色，就是绿的
大部分灯光一张脸白辣辣
像失血者，像数不过来的人群
一粒灯火来到我们中间
并非要照出你的影子，而是燃尽它自己
很多时候，那些电工
忘了拉下电闸
大白天里，它们仍不明不白地亮着

桃枝词

桃树一直在往体外掏东西
掏出桃叶，掏出桃花，掏出桃子
到冬天，它已经没什么可掏
灰蒙的天空下

它最后掏出了枯槁的手指

蝉鸣辞

从蝉的叫声里分辨出
一只，那叫凄清
一万只，就叫飓风过境
作为落水者，我一次次感到夏天
深不可测。叫声美妙
我有几十年不能把它写在纸上的烦恼
我是深陷漩涡的人
我一直在努力
试图抓住漩涡的声音

在屠宰场

原本前来看稀奇，却意外
看到了残忍

一声一声嚎叫被摁在案板上
撕裂的声音里
有一根断裂的房梁

第一次看见白刀子进红刀子出
第一次看见
血，有喷涌状的痛苦

在人间有一种屠杀合理合法
有一种死亡
世代相传，取名叫猪

山野经

读野史，不与三皇五帝过招
选一处风水，五马归槽
此生是不可能再去天空振翅了
做一只青蛙，草木加身
不带一根翎羽
继续保留田鸡的笔名
从此不玩微信
在山野重建朋友圈
任命螳螂为花花草草生疮害病的
外科医生。学做端公
为死去的昆虫写咒符张罗法事
邀请萤火虫参加一朵花的烛光晚会
让所有不切实际的眺望
都石头一样滚落吧
忘掉绵延的峰峦，在那里
我的脊骨，会看见自己的遗址

在水边

一片落叶，正缓缓坠入天空
坠到底的时候，会在水面
遇见真实的自己
一片落叶太孤单了，秋风
唤来了更多的落叶
像一群麻雀向着天空的深处飞
它们越飞越快越飞越小
直到飞成黑色的斑点
眼看就要看不见了
突然又集体在水面还原
这上下颠倒、左右相悖、远去

即是归来的发现，令我惊喜
一群刚刚结束旅行的落叶
坐在流水的草坪上
仿佛回到故里
仿佛翻山越岭就为一个孤独的人

运白云

天气晴好日子
能看见天空运送白云的马车
云朵是白的，马是白的，车也是白的
蓝色跑道上，到处是白色的辙印
那些快速奔跑中的车被风
处理成一幅泼墨。很多时候
我们只看见一只马脖，几只马蹄
一束白色的鬃毛，抑或带有杂质的尾巴
季风向北吹，我常随庞大的车队
走出祖国的边境
地球是一片洼地，从万米高空回来
人间正在下雨。而运送白云的车队没有停下
车轮的雷声隆隆滚过
很多时候，我们能看见一记
又脆又亮的响鞭

写简历

在一张毛边纸上写我的简历。
毛笔刚满七岁，有一座
简陋的村小，邻县戴帽的初中
高中被蜿蜒的山路阻挡在
四十华里以外
然后去异乡读一所中专。

写到十九岁，笔墨要浓一些，重一些。
那年我参加工作，有了自己的薪水
可以孝敬祖母、父母，洗涤弟妹们的眼睛
之后三十六年，抑郁长久，
而欢乐短暂。
有被一文不值的诗歌搅乱的大半生。
如今，用毛笔在纸上写字的人
已经不多了。在蜀南竹海
我看见，还有人
延续着用刀子在竹上刻字的习惯。

（选自《中国作家》2019年6月号）

春远

/ 飞廉

春远

晚春的早晨，我走进一条从未走过的小巷，
一夜急雨，
我像是走在南朝繁花落尽之后，
通向初唐的路。
浓密的樟树因宿雨而低垂，
我停下来凝望那棵银杏，
新叶长满枝头，多像早年父亲挖掘的土井，
一夜涌满了水。
这青翠，让我想起一个女孩，
麦忙时节，村子里只剩下我们两个人，
拿着一本《三世书》，我为她算命，
紧张，欢喜，我听见黄鹂在楝叶间清凉的低鸣。

岁暮在开封

麦苗清润，
野火烧着枯草，
我来到这座一再被黄河毁灭，
信陵君、蔡邕、宋仁宗、范仲淹的城市。

荒凉的繁塔，
过年的红灯笼，
香火缭绕的大相国寺，
我就是庄子笔下那个在梦里饮酒
清晨醒来
因错失了最好的时代而大声哭泣的人。

凤凰山大雪

大雪封山。
这时，若有一两老友，围着火炉
咬几口萧山萝卜干，
随意瞎聊孟浩然风雪骑驴灞桥，
武则天的镜殿，隋炀帝的迷楼，
宋徽宗乃李后主转世，
西晋元康五年的那场大火烧掉了
孔子的木屐，王莽的头。
或者走到小院，
在新雪上画一幅《关公卖豆腐》，
望一望山下雪气
和金粉气笼罩的繁密市井。
每到大雪的日子，
大概总会想起那些晓莺啼断
杨柳枝的青春年月，
那时的我们都渴望得到《红楼梦》
那支埋在大雪下的金簪，
现实却是
透过《金瓶梅》里潘金莲的眼睛，
我们看到大雪下埋着死尸。
我们这些清醒时噤若寒蝉的老男人，
在睡梦中，
却学着这漫天大雪搅乱这世界——

我们说梦话，我们打呼噜，
我们咬牙切齿。
而我平生第一次突然想到，
儿时那些栖息在院子楝树上的公鸡，
是怎样挨过大风雪之夜的，
寒冷锁不住他们的喉咙，
五更时，照样发出黄钟大吕的金石之声。

立春信笔

多么晴朗的早晨，何况又是立春。
两年前的立春，我动身还乡，
六年前的立春，我写了《立春试笔》——
那时我还住在山上，
那时我家丫头正在换牙，
我头发茂密……
唯有好好生活，
方不辜负这明媚的立春天气——
不妨忘记那些泥泞的日子，
不妨多吃，
不妨墙上乱画，
不妨阳光下多摆一些镜子，
角落里堆积的那些无用的空瓶子，
今天就用来装我们的快乐，
不妨学一学古人的样子，欢天喜地
到湖边迎春。
野鸭戏水，保俶塔积雪闪耀，
白堤，人来人往，
每个人脸上都荡漾着喜气，
忽然吹来
一阵喜欢甜食的
东风，吹走了小女孩手里的棉花糖……

酒后雪夜游西湖

悠悠荡荡，我们走过老色鬼
白居易铺设的白沙堤。
粗野的笑声惊扰了她的迷梦，
这棵八百年的香樟树
蟠着另一条修炼的白蛇。
就算她醒来
化身俏丽的小娘子
降临人间，我们也太老了，
老得像那断桥下
断头的残荷。
宝石山上保俶塔灯火辉煌，
我们站立的地方，
在南宋是一座关王庙。
天飘着金粉，
这片最销魂的湖水，
自古以来
只繁衍市井和风月。
夜太黑了，我们这群老恶棍，
再不《猛回头》，
就会走进冯小青、苏小小的坟墓。

西湖个人史

一九九七，初到杭州，西泠桥畔，对着残荷，
我在苏小小的坟前坐了一夜。
催花的阵雨，绵绵不绝，
断桥上，我想着那条修炼了千年
因风雨大作，来到西湖上安身，春心荡漾的白蛇。
南屏山，捡松果的老妪庄严肃穆的样子，

像女娲在炼石，
万松书院，我披上袍子，迎风，一再化作蝴蝶。
柳浪闻莺，秋夜初寒，
陈端生灯影斜摇，信笔虚构了孟丽君；
马坡巷走到场官弄，
怨去吹箫，
狂来说剑的龚自珍，
一低头，就变成了曾因酒醉鞭名马的郁达夫；
哦，世事，钱塘江潮水汹涌，
初似杜十娘怒沉百宝箱，再似项羽雪夜破章邯……
从杭大路，秋涛路，婺江路，
中山南路，通盛路，
从《警世通言》的丰乐楼，
《儒林外史》的城隍山，
《水浒传》的蓼叶尖刀，
《七侠五义》的剑影，
从苏轼的《六月二十七日望湖楼醉书》，
马远的《凤凰山居图》……从宝石山上，栖霞岭上，
我望着这夕阳下，明灭不定的乱流，
我多像《红楼梦》这部大书里的一个小人物，
眼睁睁看着第八十回的大幕徐徐落下，
急于走进西湖，这水的镣铐，这风月宝鉴，寻欢作乐。

（选自《文学港》2019 年第 4 期）

蛛丝集

/ 刘洁岷

锦瑟，与李商隐同题

与蝴蝶有感应的人眼光在杜鹃花上起落
漂亮得有点夸张的弹拨乐器的弦子都断了
二十五根弦变成了五十根弦，像大型相亲的现场
许多心情类似的人挨近了却齐刷刷地
转身，他们在秋天夕照中背向而去
拖曳的影子像墨迹发干的笔触那么长

已届深秋，霜雾下得是既薄又晚了
当我一回回在时间的洪流中推着购物车
泪珠犹如祖辈早年生锈的箭镞在我心头发痒
缭绕脸庞的光晕啊也就是氤氲玉石的光晕
很多年以后我会想到我们在一起的时光
要是当年我们有张彩色的合影就好了

东亭集：照片人

有一个本来就很帅的人
多年前照出一张很帅的照片

多年后他路过人民公园相亲角
那是周末，他拿出那张照片
对其他的家长称那是他的儿子

有个漂漂亮亮的女人因为漂亮
多年来就一直被人赞不绝口
有一天起床，她发觉，头发灰了
皱纹密布牙齿松动肉已经下垂
她带着自己年轻时的照片去了首尔

返湾湖之诗

这是漫长的己亥年间十分绵长的一天
那是从早年册页里刚刚翻到的海量插图
想起和回到许多失去了记忆和记载的日子
从返湾湖湖心的沁凉里漂浮出来，步入
平原深处楚将麾下兵丁是另一个自我
湖边浓阴中油井井架如巨人的影子投射在那儿

自从潜江有了潜江的名字之后
在章华台被称呼为章华台的朝代里
宽阔的水面上布满更久远年代船帆的颤动
有人将汉江与长江披裹在裸身的外面
云端挤满涂洒过颜料似的绿头鸭和粗梗水蕨
脚掌下是蝼蛄爬过被饿死宫女的骷髅的沙沙声

晚霞在西边的蓝玻璃上挥洒着窄叶的香蒲
远处、附近，都是以肚腹语交谈的事物
从三国奔来的战马打着响鼻眨巴着汗淋淋的眼睛
人们跳去跃来，像着魔的青蛙一样在暗地旋转
无边的荷叶摇曳出黏稠水波的微光，白胸的
苦恶鸟扇动木桨般的翅膀慢腾腾划过天空

山外

被笼罩在那种木质的房子的气味里
故事里来的女人又折身去到另一个故事
纸上情节节日般日复一日地展开，告诉
我们的生活仅仅可能是可被预知的记忆
被迫清空的财产，从制服里挣脱的女战士

一个不便转述的寓言，一封不宜转交的
密函：冥想的大师，灵魂的加速度
反复踩踏而过的青山，山上游泳，水底攀爬
青蛙下巴的鼓膜和云卷云舒莫名的欲望
故事背后的故事润色下一个世纪的人生

一个充满记忆的山谷里有一个
记忆中的人，那种怀旧而失焦的眼神
当年的接近是一种芳香与另外一种的合成
他在一株板栗树下安静地伫立，眺望
山峦之外刷着一层忧伤的浅蓝色长廊

更年期

踩着落叶般的曲子跳一个舞
那个漫长的、无休止的夏天就结束了

灯光渐柔渐灭，就像话音四散时
想到从前的一句话，却没有
想起说话人的名字和一朵什么月季的芬芳

多露水的早餐，一棵娇嫩的琵琶树苗
与多云的黄昏时树皮与树皮间的夫妻生活

擦拭调色板收拾画笔，人各自
艰难地爬上画架退回到一块画布

话的意思明白了，却又明白了一次
就像在浓雾掩映的过江轮渡上东张西望
双腿发软，眼光微弱地停在甲板的椅子上
就像再读一遍从前的信函
在发黄的，近乎哀泣的光线下

蛛丝集：数

我在平原上数影子的数目
记起一个细节的代价是
遗忘掉更多的轮廓

高速路上，车流嘈杂地穿梭
中国的农村已飘逝而去

怀念

拾柴的学童用挠痒痒的篾耙挠遍山岭
姐妹们在堂屋里练习哭泣，掩饰悸动
松针与落叶堆积，积攒着抽泣和晕厥的
平静会不会导致死者在葬礼上循环地死去
清风啊掠过了啜泣的池塘与浮肿的坡地

没入尘土的王国铁戟，嫔妃心脏旁的佩玉
战败的兵卒和褴褛的石匠战队攻打群山
孑然一身待在满是过去时间的旧房间里
霓虹便捷酒店，二楼到一楼之间有一个悬崖
送信的人潦草地看了一眼收信人的名字

上山的台阶在雾中从天边移动到咫尺
付清账单。栈道马匹的影子。锅盔的味道
寻找等自己的人与找到自己在等的人
猫在玩耍手套。一个人走后，街头留下
一长串的人形空腔没办法被空气填满

蛛丝集：香山面馆

入冬的群峰上没有红叶
抒情浓缩成了冷抒情
正如寒风中香山没有香气一样
“暗想一位早夭的女人，贬损自己
从自渎的角度去看待她
也就成就了艺术中隐喻的伟大”

白色的建筑群，贝聿铭的江南园林
我们又按一本手册的安排围坐
一位老者迈出他的文字告诉我们
“一种语言里的哲学浓郁于其他的语言
其他语言里哲学十分稀薄，甚至于无”
这时母语通过文东的嘴巴鸣叫了

我酒足饭饱地在空旷的山中
逆着上山的三三两两黑影
寻找他和他们：不相信撕碎的画布
将来会变成漫山遍野绿色钞票的小伙伴
记得我们一起没吃没喝，酒瓶
自动地滴酒不剩酒香黏贴在胡子上

（选自《长江文艺》2019 年第 11 期）

黑洞论

/ 成都锦瑟

赞美诗

贝阿吕说：诗在上帝的房间里诞生
我猜房间堆满布娃娃与积木
她端坐其间，清澈中带着神秘
像一个正在完成的隐喻
这是神话破灭后新的容身之所
——天堂尚需坚实的石料
“从烟雾中取出光，从粪堆中取出玫瑰”
我们赞美，如同创造

深喉

一座塔刺向天空
一座塔把自己想象成塔刺向天空
它似乎想刺穿什么。它不知道
时间的腹腔里，银河系是消化中的
白色椭圆形餐盘
天空布满深蓝的舌苔，缓缓释放着安定
在人类的颤栗中
宇宙深处的引力被塔尖重新获取

致雪子

大雪纷飞，如同神的语言
无遮蔽地显示
此刻“我”是不存在的
笛卡尔的芦苇已在诗学的旷野消失
深埋得以复现，打破逻辑与经验
——而时间之外
博尔赫斯正在迷宫里竖起另一条道路……
大雪纷飞，如同神的语言
当世界分裂为碎片之时，你来到了

倔强式单身

牛顿发现了万有引力
世界变得好有爱
爱因斯坦却说它是不存在的
“同种物质之间不会产生吸引力”
这只是时空扭曲造成的一种错觉

人类的孤独呈椭圆形
在宇宙的深处
一意孤行的星体享受单人房的快乐：
原始的火焰、潮汐
与大气层的摩擦声

遗忘

雾中花园正缓缓死去
——它艰难地吐出亭台与小径
据说金鱼只有七秒钟记忆

每隔数秒就自动完成一次格式化
而远方消融中的冰山，此时如获新生
早已忘却最初的形状
“凡是属于个人的东西都会很快消失”
人间不便归来，只合归去

悬崖

江山至穷处，呈现死亡的美学
如同绝壁爱上深渊
亡国之音有大美
那么富春山居图与元青花呢？
垂直是一种视角，也是一种维度
当夜幕降临，世界阒寂
灵魂互道晚安，墓碑与尘世构成直角
——在她嶙峋的锁骨上，野菊花静静地开放

鸭，或先知

春江鸭常有，而华伦夫人不常有
伟大的卢梭在忏悔
全世界都在聆听他黄昏的低泣
某些时候，卢梭、肖邦和里尔克是同一个人
华伦、乔治·桑和莎乐美是同一名字
塞纳河水暖。欧洲文艺复兴大业自沙龙伊始
“身体才是通向宇宙的开口”
先驱者在细浪中穿行

异域

——与钱松子

想象中的空山适合温读

陌生感来自鸟语带来的歧义
它的万千沟壑
恰同高起的风完全重合

我在多雨的蜀地
以语言的大理石打造乌托邦
你在轮回过的楚国，惯用直觉还原世界

尼采说：“诗，是将生活引向新的早晨”
现实主义的荒原上
你的车辙一直通往异域的黑夜里延伸

致桃花烙

汉语中筑塔的人偏好抒情
将已封口的字眼揭开，拒绝象征
而想象是另一种现实：
皖南某小镇变形为立体主义的桃源
但你不是陶渊明，不是黄药师，从不自居于一端
你说长安虽乐，不如故居
你说桃花即少年

劳动主义者

金字塔的结构不可言说
神秘的黄金分割线，印证其稳固性
讨生活的人俯身道德的梯田
贡献出美学边际
阶级：一杯难以调和的鸡尾酒
曼杰斯塔姆说：“革命起源于星际的饥饿
诗人在太空中播种麦粒”
——如你所愿，他们已自行放逐于理想国外

而直觉来自宇宙波澜吗
每次伸手
都能接住天空递过来的麦穗?

少女玛利亚

我们为首拍黑洞照片而欢歌
为巴黎圣母院高高的塔尖
大火中坠落哀叹
——爱如此伟大，又如此渺小
超验主义的手无处不在
这让我想到《圣经》，有关巴别塔的记载
想到人类未知的命运
“一朵花的美丽在于它曾经凋谢过”
时间是圆的。而非线性
暮春的原野上，不断增长的葱绿
仿佛 bra
加重了玛利亚的青春期

黑洞论

在人类历史上首张黑洞照片
全球发布时
我正痛苦地写一首诗
当看见电视里，明亮光圈内
巨大阴影的瞬间
我恍然获悉诗歌创作的全部秘密：
藏起光
藏起
你真实想说的深渊部分

麻雀

隐于绿林。更多的隐逸乡野
在体制外繁衍生息自成一体
不为人类欢呼
它们过着理想中的生活
享用肥美多汁的昆虫，甘甜的溪水
辽阔天空与无尽的浓荫
它们就快要舍弃肉身
从本质上绕过老子和庄子，接近神

夏至帖

“苹果园正下着一场蓬勃的雨”
他养兰，研习茶道，临摹八大山人
中年的山水惜墨，他每天搬运一点
还生活以颜色——
让水鸟和鱼冷着眼，观瓜熟蒂落，日上中天
他采阴补阳，用腰围丈量生死。午后允许有蝉声

（选自《诗歌月刊》2019年第7期）

雷声响

/ 吴振

重阳

月亮在没有遇见水前，月光是虚伪的
大海不吹风，波浪是呆立的狮子

重阳呀，高空遥不可及，近处暗藏杀机
苦涩的海凌坡，一杯酒，一个孤儿捧沙遮面
没有遇见死亡前，活着的人总忘记珍惜

卖鱼的女人

抓鱼，摔下，用棍敲
去鳞，开膛，刨肚子
鲜血印红她僵硬的表情
她不知道
每一次杀生
神灵都会把鱼尾纹拖长一点

而坐在摇篮车上目睹一切的人

是她的第三个孩子

在邵东乡下

在邵东的乡下
家里有人年过花甲
堂屋里就要摆一副棺材
与其说避邪、延寿、镇宅
不如说是一场生命的仪式

妻子告诉我
去年村里赵奶奶走时 102 岁
入土时铆钉已经松动
她想重返人间
轻而易举

她肯定是不会回来了
就算我，26 年后就拥有一副上好棺材
虽然对于死亡我毫无经验
也深知这期间，求死不能的煎熬

月光辞

一万只萤火虫连成片
走过秋的原野
白鹭带着善意归来，往事清晰

一条鱼要在梦境里走多远
才能找回一路丢失的鳞
天空有云，能看见人间

月光很大，我却畏惧

那么深的夜
在一条河流里看到自己的脸

在盈江

我走向你时，鹰在半路已经打过招呼
白云像抚慰孩子般抚慰我
睡去或醒来。天都很蓝

平原镇没有广阔的平原，风和人一样慢
我向低垂的稻子致意，想留下
又怕露出伤人的刀

去看望大盈江，犀鸟躲进芦苇荡
不愿相见，它们怕我伤心
靠在大石碑上，我想念已经丢失的翅膀

没有人去关心水电站和浮莲，萤火虫的秋天
有多少光明，就有多少思念
我带不走

惊蛰帖

燕子飞回屋檐时，闪电一路追随
它叼回土里的种子和尸骨，有了生命的颜色
白头翁还是那样悲伤，降落在碑上，它会招魂术
它要唤醒冬天时入土的农民

继续热爱生活吧，春天已到
白底花面的棉被，晒在屋头，上面有阳光和父亲留下的味道
惊蛰万里，雷声低沉
三娘知道雨从海上来，她收被子，收柴，顺带收些思念和苦痛

看她怀抱的样子，我把“母亲”这个伟大的词语咬在嘴边

雷声响

第一声雷：一群迷途羔羊的呐喊
第二声雷：沉淀，多丰满的女人和秋天
第三声雷：有一种酒如泪，走过时光的河床
最后一声：一切黑暗都是光明的反动派
雨落下来，众神归位，有公鸡叫魂

种树

门外有两排参天大树
没有一棵是我种的
门内有两行小树
每一棵都是我种的

我住进一栋新房子
每天给小树浇水施肥
大树那头有寺庙
神台上有尊坐化的佛
曾经是翩翩少年

去盈江路上小息

找一块石头坐下
其实加上我的重量，也压不垮这片土地
就像眼前的落叶，怎么也压不垮一片草丛

蝴蝶短暂地停留在另一块石头上
我们来不及认识，谈心，或相互道歉
它活得没我长，每分每秒却比我现在有意义

盈江的风很不靠谱，犀鸟的天空高过云层
我要去的人间，一杯酒中星光点点

两颗糖

在冰箱的角落里
我发现两颗糖果
那是父亲活着时买给他孙子的
我剥了一颗拿给儿子
他笑着走开了

自己剥一颗放进嘴里
一颗甜蜜的糖
还是让我泪流满面

（选自七人诗合集《无见地》，长江文艺出版社 2019 年 10 月版）

过心

/ 陈洁

水之湄

有清风，这是夏夜珍贵之物
有斑驳树影轻轻摇动
有一人相伴
简单聊着些什么
或者，保持沉默

与恣意伸展的香樟比
此刻，垂柳就有些矫情了
它的袅娜略嫌做作

在千湖之省居住
我所有，亦所愿者
只此一湖

夜尚浅
阵雨过后，我相信那些睡莲
因为倾听，依然醒着

我在清理书房时所看到的

这些积久的尘埃
我确信是在过去的某个时刻
所见过的。我记得
他们在一束漏下的阳光
那亮影里飞动的样子
如同我曾经历的一些人，一些事

不同之处在于
有些人，有些事
已然散失于岁月的背面
寂寥无痕
而这些尘埃
选择均匀地洒落在
我久未使用的器物
或不再打开的书册之封面
占满了
它们暴露于外的部分

记汤逊湖夜游

并非总能遇见夜钓者
需要一片水域，一夜
与合适的岸

需要酷爱钓事者
专注地，置身事内
盯紧远处浮标之明灭
需要阒无人迹
之时、之地

还有漫无目的的人，来
一起置身水色与钓事之外

需要，对于夜之深浅
与岁月之明暗
皆无挂怀

还需要一点点
小痴呆

疼痛

削下的黄瓜皮，
落在洗菜池里，一片片
蜷曲起来。

这是我所目睹的
植物的疼痛。

谁说草木无情？
利刃，或别离之下，
不会说话的事物，
自己将自己抱紧了。

很多时候，我也会这样对自己说：
痛。

过火

常常，我以火焰抵近可能燃烧之物。

结果是，火果真燃起，
我的火焰得以穿透其内部。

有时也会，在燃烧发生之前，
我的火焰已熄，先行燃尽了自己。

鲜有这样的时刻，
我以火，抵近了火。

过命

暗夜手持灯盏的人，
接受那亮起的灯盏指引。
无限近地近。
拜访，或是叩问。

一个人可以对另一个人所做的最亲密的事，
到达或触碰，
以命运抵及命运。

过心

蝴蝶长着翅膀不是为了飞翔
蝴蝶吻上花蕊便收拢双翼
忘了世界和远方

人世间最柔的力
是一只蝴蝶对一朵花所使用的
在翅翼的开合之间
静止和翕动，多么徒然

但，他没有止歇

蝴蝶长着翅膀
只为停驻在那朵花的心上
并与之同色

九月十八日夜坐龙韵湖

是夜
虫吟不绝

秋虫的鸣声，皆低低的
或悠长，或间歇，不悲切
听上去甚至是欢愉的

有小风，把凉意向着湖岸的灌木
柳树，草丛，以及我的身体
阵阵吹送

也向眼前的虫声
和远处的灯火吹送

傍晚行车切入江汉平原腹地

夕阳在白杨树的密叶
和稻田之上，是不一样的光

有小风。高处的白杨叶便摇动
它们是在翻动夕阳的光
时时亮晃晃

低处的稻穗一片片挨挨挤挤
它们或有轻微晃动
但没有叫我看出

入秋了，稻穗与夕阳已是同一色系
它们是以沉重的身子
承受着夕阳的光

好雨

晴久，他们说是三个月。
而我已忘记时间。

与时间又有什么关系呢？
不仅是那些纤弱的植物，
当我在那些粗大树木身上也看出了渴。

此时降下的这一场雨就是好雨。

我必须说明的是，
好雨和好爱情，有些不同。

昨见闻道居玉兰，秋花

我理解它
一棵玉兰树
何以在这个秋天
倔强地再次开出了花朵

记得三月它刚移栽过来的样子
也开出一些花
只是更多的力气暗用于地下

为着弥合根部的伤
它在春天收回的部分
有待开出的花朵
又在秋天放出

正如我那时未能说出口的话
现在将要向她，一一说出

大雪日

阳光暖暖的
雪只是一个遥远的念想
雪，只是一个封存于过往岁月的意象

我该怎样记录这一天呢
大雪？
鸟鸣和阳光？

一念之下
大雪纷纷扬扬

十一月六日夜龙韵湖独步

虫声渐稀，
立冬之日龙韵湖已陷入沉思
散布于湖岸的石头，归于落寞归于寂。

有风让樟和石楠的叶子，复述去年的沙沙声

湖水依然让树和路灯照见其影
我在树影里看到了：暗
在灯影里看到了：细小的波纹
以及秋水的寒，和冷

种菜记

当你看到黄瓜苗，
它的触须将你昨日才插的小木棍准确地缠住。
你相信了植物也是长着眼睛的，
在你肉眼看不见的，它们身体的某处。

你在七月种下豇豆，在九月初开第一遍花，结头一批果。
现在秋分已过，你忽然看见这些豇豆们在微凉的风中开出第二道花朵。
你就相信了植物也有一丝不苟的犟脾气。
像极了你的一个老朋友。

获豆

这是昨天傍晚就预期到的事。
那时她们还略嫌细弱。
一夜之后，就饱满丰腴到我可以欢喜采摘而不心疼她们了。

甚至于我确信，
我的采摘，就是对她们的疼爱。

弥望眼

深幕似的夜空
一星如萤
这是 7 月 2 日

我偶然抬头看见的
星子永恒，我一瞬
而这一刻并无悲怆
流注我心

鸟鸣

总算见到阳光
我甚至听到几声鸟鸣
看到有三只灰鸟
从这边楼顶飞到另一边楼顶

对于好天气
鸟的表达方式
比我直接

（选自微信公众号“天门文艺”）

每一座坟茔都在检阅故乡

/ 程川

每一座坟茔都在检阅故乡

考古学表妹说，明墓离地四米，大唐六米
三国往上，两千年咫尺数十米
再往下，一群矿工用铁镐和推车撬开了体内的阎王

清明，种下衣锦还乡的游子
年关，便能收获一茬新的故乡

羌博馆

感谢神，让那些藏进玻璃展板的傩戏有了世袭的票根
感谢神，让游客目睹了阳间的替身
感谢神，为虚构的命运预支了堡垒和古代
感谢神，让我为欢喜的事物交出了铁轨和站台

向遗物里的农耕时代致敬，当我站在橱窗前
感谢神，被一盏感应灯擦亮的部分

假想

暴雨摘除寂静，黑，且让他悬浮如遮羞的梦境
沿着年久失修的闪电，依次确认

那些照亮自身的事物是否有着通天的命运
未能厘清的问题诸如此类：母亲的咳嗽与窗外的狗吠推心置腹
肉身以怎样的苟且构成我对灵魂的笃定

恍惚，像我平衡二者的联系——
唯有雨过天晴，我家门口才经得起青苔的反复推敲

河流记

形同落草为寇的悍匪，历经多次篡改后
最终，以汉江之名汇入长江
而曹操御批的“衮雪”则被博物馆镇压在璀璨的聚光灯下

有时，江河吞噬掉的秘密，顺着水渠输送到电站
我们只需按下开关，就能看见
那些桀骜的灵魂，勒紧生活的边缘
使那些原本就清晰明亮的影子，逐渐多了分往事的轮廓

清明山记

1
清明山向西，过坪溪河，除却茫茫雾气，人间，别无他物
神，如此稀薄

2
循着挖木崖，赶集的人背篓里塞满草药
甘草、芫花，乌头、白蔹……相畏相克
现在紧紧依偎在一起，像俗世中没有分家的两兄弟
毒，火候未至

3
河谷宽阔，但无溪水；桥，形同虚设

我们在桥头寻找合适的角度安放镜中身影
不像神，随便杵在哪，哪就是庙宇

4

归途，两盏车灯撕咬着沉郁的夜空
山涧顺随一曲蓝调蜿蜒。三个少年，谈及未来
我们已度过山上的一生

（选自《人民文学》2019 年第 5 期）

夜饮

/ 百定安

无题

现在我经常要写下“无题”。可以命名的
事物和情绪愈发稀少。或许
这些原本不能概括。我每次写下
“无题”，都要扶着这两个字
歇息一阵。我们做过许多但
都没有名分。

岁月的砂纸无言地打磨着附近和遥远之人。
他们尚未来得及走近
就显出老相。哪一尊佛
不会坍塌

夜饮

昨晚我和兄弟们喝酒。夜
降入杯中。挂在杯壁的酒滴
透明地沉默着。
深海鱼睡在盘子里。花蟹
仍保持着振臂一呼。
被点燃的冰，在它们身下

嘶嘶冒烟。紫苏不会想到
某日会覆盖一段冷冻的肉身。
打鱼人说到南海和印度洋
让我想起欧内斯特·海明威。
他手头的刀子延长了胳臂
所有的鱼都被切成了波浪。
死亡使一切温顺。
我们若有所思地看着，近似
悲悯的圣人。

在某寺

果子放进祭器，就属于神。
神，都是经过死亡的人。

被雨水洗礼过的石头
都是南无阿弥陀佛。
它们的体内
堆满沉睡的舍利子。

炎阳下，缩小的人们
站在自己的一坨影子之上。
儿童不明上香的意义
待他跪下，腿就习惯了弯曲。

香烟，像攀缘而上的祈语。
我们各自向神讲述了自己
然后唯物主义地咬着一根老冰棍解渴。

菩提树上的风净持多了。
叶子彼此抚慰，发着光。偶尔
有几片落叶

回到尘世。

无字之书

天地辽阔。高挑的天鹅
啜着黄河。
浪子翻腾，从来不需摆渡。
我见过摆渡人
在高高的山峁远眺
佝偻的身子站成一尊泥塑。
酸枣树谈不上什么青春
最伟大的狼群已经绝迹。
在黄河上，不能谈论历史
在黄河上谈论历史
乌鸦们就会堆砌而来，在
沙滩上分配黑暗。

秋深

秋风吹送，树木骨感
两个穿牛仔的诗人
拨开荒草而下。
两个诗人，两头饿兽
像两个失败者
各自戴着一顶
无用的草帽，走下山坡。
你知道
所有的失败者都大同小异
所有的失败者
都带有几分衰败的傲气。
山上的活物越来越少
他们的头颅越来越大。

向晚

向晚，江面塞满了汽笛
我用一天的时间才看清
船头站立的人；
街头渐渐稀疏，
泛起片片浓稠之色。
坐在阳台上喝茶，荒芜
有些高出人群的恍惚。

路过的人纷纷长着
薄白的脸
他们在家门口，分别
撞见自己的爱人。

很快他们将围火烧烤
庆祝
这重复而多余的一日。

一日

电梯仿佛半拉子通天塔。
我住 7 楼
你住 23 楼。我们住在人间。

现在我们做午饭。沸腾的水
掀起欢呼般的狂热。青涩菜蔬
带着贞洁的欢欣
开在掌心。
十八子刀是上等钢打制的
但那些锋利其实我们很少用到。

送外卖，送蒸馏水，送快递的人
都是一副紧急劳动的眼神。
对面邻居装修房子。一个
墙壁打钻的男人，突然听到
一声尖锐的痉挛。

案板上，青菜和黄骨鱼都被动了刀子
成熟和鲜美其实极其危险
它们使我相信，某些偶遇
既是一种可能，也是一种牺牲

月下独酌

我坐在月亮下喝酒。端午节
喝酒声，如吞声的哭泣。

我拍拍身上的草芥站在月亮下。
身边的小树要是一个人就好了。

夜宴

无论走多远，都在黑暗里。灯光
只是一小片发亮的根据地。
在建的高楼，仿佛无人问津的废墟。
长臂吊架，站成一座十字架。
喝酒途中，云朵剧烈翻滚。
清醒总是早于醉后。

进来几个陌生人。他们的脸被
白炽灯揉得发白。酒桌从不嫌弃
阴谋和阳谋。空瓶子越来越多

还有豪言壮语。我感到围坐着的
也是一堆空瓶子。

墙壁上一只断尾的壁虎盯着大家。
头顶盘旋的蚊子像一种眩晕。
我们浓缩在一把把交椅上。
酒鬼喝着酒鬼
液体冒着火焰。
说话的热情
高于不说话的热情。
一群扭曲的影子
打乱了玻璃的沉静。
黑暗堆积，但始终没有破门而入。

文创中心最高处的钟楼
被撞击的时间拖着尾声
缓慢移向另一条大街

他们说，不眠的人想必都要听到。

晨

现在，只有几声鸟叫和一树蝉鸣。
蝉，也在我的双耳，不分季节地叫。
大地上的人们早早醒来
赴会，应约，开车去远方。
有的奶孩子，有的读中美贸易，
有的
从梦中爬出，坐在随便一棵树下
打盹。

我劈开一条石斑，它面貌和祥

仿佛这一生从未有过
委屈、疼痛和挣扎，也不会因为
死亡而泪流满面。

去海南

穿过琼州海峡，椰树
已高过落日和海南。
这次，我要拿走天涯和海角两块陨石
用曹冲称象的方法
衡度古往今来的海誓山盟

隐私

对神祈祷的人
满腹俗事烦恼

他走过他的全世界
碰见许多人

他真的熬不住了
但他相信，那些脸庞中
有一张，要背叛他

他长跪不起，忏悔了一下午。
血色又回到脸上。
神一直看着他，不说话
面无表情

（选自《汉诗》2019年第3卷）

诗集诗选

《周瓒诗选》诗选

/ 周瓒

变形记

我外婆说她年轻的时候躲鬼子
和她的兄弟们一起跟着他们的母亲
他们往五月的油菜地里躲
他们往朝北的河坎里躲
他们往无人光顾的破庙里躲
他们往闲置的车水棚里躲
草垛里、坟场边、竹林和暗渠
平原上能够藏身的地方真的太少了
但哪里荒僻哪里就有他们的行迹
我外公说他有一回来不及跑
就跳进一条小河潜着水
一袋烟的工夫，还是一炷香的时间
他才敢从水底爬出来
我母亲小时候跟着她的养母躲反动派
她们藏身在一户穷邻居家
那户人家的房子远离村子的中心
一间几乎倒塌的低矮草屋里住着老两口
我母亲眼中反动派白衣白裤刺刀闪亮

她是个好奇的小孩
在危险中也敢于探出脑袋看看这个世界
他们在讲述时我就脑补了那些场景
他们东躲西藏的模样，有的一往无前
有的不断回头，有的一边奔跑一边祈祷
有的鞋子掉了一只都不敢回去捡拾
有的那以后不断做着相同的梦
甚至连我的逃亡之梦也与此有关
我躲不知名的危险
我躲面目模糊的追踪者
我躲内心里的懊悔
我躲一切让我无法面对的
在梦中，桥梁断裂，悬崖当前
最后关头，我对自己说
好吧，我是一棵树
一棵树，一棵树，一棵树

风袜

（为殷海洁作）

弃用的港口仍会停泊轮渡
那些支出水面的木桩，像是海湾
被分隔出来的一间卧室，床脚探出
托举着看不见的风的床褥

是的，无形无影的风有这样一具卧榻
也算合乎自然的逻辑。当夜风睡在海湾上
她将褪去霞光的衣裙，瞧，一根原木上
栖着饱餐后海鸟一样悠闲的风袜

海湾鼓荡的呼吸里，夜的潮汐涨落
梦着远方的梦，看不见的被单裹着她

当你的海魂衫被激烈地扯向海岛的方向
你仿佛领会了内心，那即将光临的爱的风暴

她裹挟着你，从伦敦到纽约
她裸足跑过，悄然间，你感到离自己多近

曾外祖母的预言

你将成长为一个厉害的角色
盲眼的老妪这样预言　因为瞎
使她能够穿越黑暗时空　看到
曾外孙女漆黑一团的未来
语言成了某种透明物　拭擦着
女孩幼年的肌肤　要她在内部淤积
足够的精力　来对照身外的世界
而世界　就是你肌肤以外的一切
之和　侵入小女孩的毛孔
像露水从早晨的植物中探出
它们饱满的脑袋　关于爱　与黑暗
紧密相连　也与梦境中的恐惧
共同构成了身体的房屋
你将远走他乡　从你的脚掌开始
她只能靠抚摸　才知道脚趾的间隙
遗留了通向未知死亡的距离
最后一次吃鱼　使她预见
游向天堂的溪流没有激浪
她枯萎的身躯将轻快如一片羽毛
追也追不上
谁能够在时光的折扇上　合上她
圆睁的灵魂　长在暗处的眼睛

词的世界

眼睛睁开前，声音充满
声音尚未启程，意识聚集
如此繁忙，如昆虫劳作
一群蚂蚁音符，一阵蜜蜂音节
在墙根和花茎的早晨
泥土松开了春天的发带
昨夜的梦魇过后
大地空寂，屋宇孤单
你在其中微微抖动
像是刚刚诞生的一个词

鸟窝

它们在结实的木梁上、瓦缝里与枝桠间藏着
用细密的草秆或经过挑选的黏土制作
——我还是不敢造访，因为说不定
一条蛇已抢先占领，正等着我
并非无辜的手，不能凝结的
呼吸，以及尚且矜持的冒险之心

孤独是醇酒

孤独是醇酒，来，让我们举杯
它是正宗的二锅头
还是假冒伪劣的老白干
需要分辨，需要品味
喝高了，孤独就会变质
创造就如同掺进虚假与蛊惑的水

我像需要美酒那样，需要孤独

和它相比，我甚至不需要爱
不需要你，因为这后两者
都已生长在我自己之内
而孤独就曾是它们的种子

我是我自己的根，从这里
种子发芽，据说
父母之爱就如土壤
而更高的爱，比这
又能高出几分？山峰
把影子投在了地上
我是我自己的根，从这里
阳光制造了阴影和成长

隔着

我和这世界隔着一层
于是，我就和生活隔着两层
我和你隔着一层
这样，我就和他隔着三层
像有一层层石板铺展在中间
一首诗和它的读者
有着泥土和脚踵间的隔膜
隔着词的鞋底，陌生的心
互相叩问：你是男人
而我，女儿身。我已听到
你没有说出的话：写作、快乐
或其他，女人该有自己
可做的事，当她开始思考
譬如说哲学，那一刻，她失了性别
但也不像个男人，她做不到
哦，亲爱的哲学家，他说

女人是天生的诗（人），就如天使
是神仙，而在天使和女人之间
隔着一层翅膀，像叔本华愤怒的眉毛

无题

通往春天的路，据说就在你的脚下
好像它自己跑过来，恳求你的鞋帮
沾上些泥土和青草的绿汁
滋着绿芽的国槐，正积攒着内力
压迫你的影子；浑身长眼的白杨树目送你
催你出行：时光难再，青春易逝
而爆竹声也曾像沸腾的茶水
使我们相恋的身体如同一只暖壶

（选自《周瓒诗选》，太白文艺出版社 2019 年 1 月版）

《组诗·长诗》诗选

/ 陈东东

即景与杂说

突然间，一切都活着，并且发出自己的声音
一只灰趾鸟飞掠于积雨的云层之上

八月的弄箫者待在屋里
被阴天围困
他生锈的自行车像树下的怪兽

*

正当中午，我走进六十年前建成的火车站
看见一个戴草帽的人，手拿小锤
叮叮当当
他敲打的声音
会传向几千里外的另一个车站
细沙在更高的月亮下变冷

*

这不是结束，也不是开始
一个新而晦涩的故事被我把握
一种节奏超越亮光追上了我

凌晨，我将安抵北方的城市
它那座死寂的大庭院里
有菩提，麋鹿
有青铜的鹤鸟和纤细的雨
赤裸的梦游者经过甬道
拔下梳子，散开黑发
她跟一颗星要同时被我的韵律浸洗

*

现在这首诗送到你手上
就像敲打借助铁轨传送给夏天
就像一只鸟穿过雨夜飞进了窗棂
现在我眼前的这片风景
也是你应该面对的风景
一条枯涸了一半的河
一座能容忍黑暗的塔
和一管寂寞于壁上的紫竹箫

那最可以沉默的却没有沉默

短章

夜晚在说话的时候到来。在几根白色廊柱之间
我们突然打住——惊奇
我们看到，夜晚像一场黑色的雪

降下，落满，不发出声响
而我们刚刚谈到的已经被埋没

*

夜晚到来，仿佛有什么飞快地上升，离去
我们在晦暗的厅堂里，抚弄几只青玉的球
被一再路过的车灯编织
我们中间的某一个
用两只铁夹子捕捉亮光

*

这个通宵，在阻隔我们的黑暗对面
有更加深沉的星辰坠落。那个眼力不济的
那个行动迟缓的，他披起毯子
到堤坝上细察
一队紫色的鱼儿跳腾，数株棕榈正在涨潮

*

这个通宵，我们离不开石头的
台阶、拱门和壁饰。我们在幽深的过道踱步
倾听曙色微弱的涛声，葡萄园和石榴的呢喃
夏之喘息，以及鸟儿夜半的低语
我们有足够的理由去寻找

弹唱告知

阴影说着话。一架古筝在新近搭起的凉棚背后
山。积雨云。翠绿。一只手自空中拨弄这个世界

一种声音响起，给我们悦耳的姓名。我们走动
头顶着吹奏暑热的太阳，那烧红的喇叭
而干涸洼地里草木植物已高过眉眼

*

那个我们渴望见到的自庭院出来。瘦削，赤裸，披散
宁静。在宽大斜坡的古镇之上
她踏过布满青苔的街道，身后有一大群蝴蝶跟随
我们等待收获季到来
节气又回转一次，水要变成给我们裨益的每一种食物
我们呼吸，趺坐，跪拜和亲吻
果实显现出我们从未见过的美好

*

亮光却引导我们，让我们无意间置身于废墟
巨大墓穴的门扉打开
那白石拱顶的回廊尽头，一盏鸟形宫灯进入了记忆
为瞎子点燃，去照彻少年蔓坡的葡萄藤之夏
和一棵用想象看到的菩提
并且在破损的木结构塔楼，上世纪的几本歌集被重新翻阅
一架低回的水上飞机，像出自自我惊奇的老鹰
把窗框以外的黄昏修筑
我们从乱草中抱回带图案的青瓷古瓶

*

现在，有人要向着倾斜奔跑的大海而去，触摸，或敲打
探寻它最为幽深的伤口，并且细听阴影的话语
在两条大河汇流的花园里，有人要去勾勒那文字
它们凿刻于面朝落日的闪长岩石碑

丧失了意义，有如历尽劫难的哑巴
甚或一口沉没的钟
当有人自一个暗夜穿过，攀上高岬
那就会看见，黎明的大海如新生的美人
跟随亮光和一颗星降落
然后当那片吹奏响起，那弹唱者告知
她迅速被一场南风洗净，自床上下来
用阴影把黄金的身躯裹紧。她柔韧的腰
已经适合我们的搂抱
于是那话语可以动用，阴影铺展
她丰腴的肢体被香料和细腻的油脂涂抹
在她紫色的叶片之间，一枝黑色的花朵绽开
一声鞭响又去催促另一个夜晚

*

一场雨也催促。七月相同的石头桥洞停靠着铁船
这时候汽车把前灯打开
医院病室的顶板之上排队走过了相同的阴影
死亡。梦。一双冰凉的手
把我们拉回心灵最深处
那儿一只金蟋蟀鸣叫
我们看草尖闪亮在重归的家园里
一瓶清水传递过来，有谁轻声抱怨着什么
令我们感到吃惊的，是这个七月如此准时
带着每一条发光的鱼，从另一方向吹来的风
把雨声阻止在第三片瓦上
玉色的百合突然开口
我们已经从桥上下来

*

我们也不必徒然去歌唱
这条街上阳光凶猛，而阴影
足以使我们深陷进回忆。一只鸟翻过九重大山
要栖息于石头和雪的季节
我们的世界被分割，碎而粗陋，不值得赞叹
一曲哀歌在一个流亡的中年人手上
他站到一棵山毛榉下，神情模糊，放着响屁
看什么东西自高处抖落
这样我们历经了昏暗，顺着一个愚夫的所指
又见到海，它高过我们每个梦想，在世界以外
我们则仅仅是无数感叹之中的一声
短促，但真实

*

从观象台测定的那一季出发
一颗彗星划过，撕开。泛白的岩石尖坡上
烟和细小的植物绒毛侵入渐亮的太阳圆盘
食盐，涛声的牧场，七尺深处，遮目鱼像刀子的微光
削割色泽低劣的锡，刻画青铜，打磨金刚石、柔嫩的碧玉
在海风之上，一座旅馆的红色门廊
一间白纸糊壁的单人房。我们又有了另一个歌者
每夜倾听，于午餐之后起身并书写
将仅有的一杯酒带到离海更近的堤坝
叫啸，舞蹈，吟唱，吹奏
被时间和黑暗的绳索扣紧。我们发现
水族动物的鳞片之上有青色的痕迹、韵律和节奏
这珍贵的诗行几乎被一场风暴打乱
我们能找到的
是阴影和阴影
浩瀚水面从最幽深处升起了羽毛和血肉的斜坡

*

数天之后我们回还。城市在秋天的亮光中屹立
空中飞速转动的尖顶
跨度足以使整条银河通过的铁桥
女人们拿着镜子，来回奔走，寒冷的街口有鸟儿聚拢
那儿，在青铜塑像背后
堤坝上小如甲虫的汽车飞驰，红，或黄
一个阴云密布的天气，我们都听到
楼上第三层一声尖叫
乳白的插花玻璃瓶裂开，粉碎
而城市在秋天的亮光中屹立

*

我们能听它们继续说话。那些阴影投射
在旷野、海、干涸的河道、食盐的中午和每个人的腋窝之下
那些阴影投射，从而有了明净的部分
当一个夏季匆匆离去，我们看到
移居的宇航员在等待着倒数计时完毕
他高飞在我们的世界之上，能够真正把幻象认清
石头们在他的四周漂浮
缓慢地行走
我们要问，这日子曾经是什么日子？一颗卫星把日光遮去
我们要问
这阴影是否内心的阴影？而我们正在听它说话
只有宇航员超越疑问
在浩大的光中
如一支火柴把自己点燃

（选自陈东东诗集《组诗·长诗》，长江文艺出版社2019年9月版）

《1980 年代的孩子》诗选

/ 马铃薯兄弟

我这么爱这些生活的时候

我这么爱这些生活的时候
落花在路边归于一处
少女们粉质的身体
躲在布匹里
此刻风正吹
吹进鼓荡的麦田
也吹进她们的衣领
和我们的内心

四只发现了水的大雁

四只远飞的大雁
终于发现了水
它们朝它降落
黎明的水
有刚刚醒来的反光

卖鱼的孩子

为了卖掉我的鱼
我把它洗得干干净净

那种鱼的白
与亮光

在乡村的路口
它那么诱人

六月的天气多么热啊
没有人来买我的鱼

这注定是一件完不成的工作了
我的忧虑，是贫瘠乡村的忧虑

我没有卖掉一条鱼
那在我干旱的故乡
令人神往的鱼

两手空空

做完了计划中所有的事
手掌一片空虚
树林边缘，一片朝上的树叶
有着同样的宁静

在世界上又度过了
一个中午

内心的林地升起了薄雾
我问自己，该到哪里去
另一个声音
却迟迟没有响起

忆昔少年时

穿行在密密的高粱地里
采集枯叶，恐惧和兴奋是无边无际的

在阳光照耀的河水中裸露瘦小的身体
因而肤色是均匀的

我们的求知欲也指向任何地方
比如向驴子学习清洁口腔

在女人们的身后
我们甚至向风，学会了爱情

几何原理

从圆进入圆
你进入多少
就被进入多少
甚至可以完全融合
一个消失于另一个

几何与人世多么不同啊
比如一颗心
和另一颗心

少年游

1979 年的阳光
蒙昧，纯净
带着点儿透明的伤感
像天空轻轻划过蜻蜓的翅膀
像姑娘们开始向往远方——
远方太远，轻易无法抵达

我是那个抵达远方的人
一座等待唤醒的城市
对我有着足够的谜团
我在楼间的空地里扑打着初秋的温暖
而马铃薯正在故乡的土地长大
而我小心地行走在城市的阴影中
比一只流浪的马铃薯还要孤单

爱

总要谈到远行
总要谈到分别
总要谈到柴米油盐
总要谈到生儿育女
总要谈到床上床下的距离
哦，当然会谈到安全期

总要谈到敬畏天地 长幼有序
总要谈到老来的孤独及入土为安
总要学会接受
一些人提前离席

天上和人间
由距离迢遥
到合而为一

一只小驴

每天早晨你在草地上舔食露水
而有月光的夜晚
你总是尥起雪白的四蹄
那是你无忧的舞蹈吗?

你喜欢奔跑
在无人的空地上
面积广大但护栏依稀
在跑动中，你长大了

事实上，所有的无忧
都在忧虑中完成
你拒绝承认长大
你的奔跑和舞蹈更像是挽留

一种缅怀
一种绝望和无谓的挣脱
今天，你停留在月亮的影子里
应是在细数，快乐或疼痛的堆积物

（选自马铃薯兄弟诗集《1980年代的孩子》，长江文艺出版社2019年9月版）

《我爱我》诗选

/ 艾先

当我老了

点一根烟，在喝过二两酒之后
看看阳台的花，看看楼下的路
我想如果我老了
可以安于这样的生活

可以安排所有的往事沉默
可以安排海浪平息
可以安然注视梦想就像转眼
消失的泡沫。

火焰的绝唱是灰烬，我了解。
树叶的结局是泥土，我了解。

对仇人微笑，
对朋友微笑。
第一次闪电般地碰触你的手掌
让我可以骄傲

起码
我生命里有过纯洁的一秒。

动物感伤

白天的城市
是一座巨大的搅拌机
声音洪亮

在城市的边缘，远处
还有小片的田野。
在这里，动物们奔跑
或者短暂停歇。

它们跳跃的姿势
在空蒙的地平线上
充满了感伤。

蝴蝶飞

一停。一飞。
一起。一落。

翅膀有不敢惊动
的美。它不用说话
它有着美丽的尾巴。

春天

在春天
我要写一首关于春天的诗

我要写春光好
春衫薄
写春色染指绿
写春日悠长

直到所有的人春心荡漾
不能自已
所有的爱和错误
都得到原谅。

人生观之一种

高处有蓝天
和俯视万物的优越感

低处有尘埃
尘埃里开出花来

齐物

从现在开始，确定 1 是 1
2 是 2。确定
铁是硬的，火是热的；
确定你我他的用法；
确定杰西卡 · 阿尔芭就是美女；
确定做一个安于天命的人；
确定对于那些给予了爱的
永不忘记；确定
在惊惶和易于被伤害的人群里
保持一颗良善的动物之心。

然后

看星升月落天阴天晴
用纯洁的嗓音
唱黄色歌曲。

欢喜禅

终于，你触手可及的柔软
让我相信

我的体内有着猛虎
在沉睡。

感叹词

啊——桃花！啊——
流水——
啊！啊——啊——
啊——！！

你说是欢畅，它就是欢畅；
你说是忧伤，它就是忧伤。

中年之诗

需要承认自己已经到了中年
身边长大的孩子不时会提醒这一点

就像此刻，摆着两三杯啤酒
坐在江边的藤椅上
霓虹混杂的细碎树影下
虚胖的脸上隐约有着少年的五官

眼前就是当下的事实：
不断往来的车声盖过江水
庙里没有和尚
黄家巷里没有姓黄的人

燕子

天上那些乱飞的鸟啊
其实我知道你们的名字
你们都叫做燕子

有些燕子往东飞
有些燕子往南飞
有些燕子往西飞
有些燕子往北飞

落了单的
一个劲地埋着头飞的
也还是燕子

别赋

离城区 3 公里
第一次想你

离城区 5 公里
想了你 5 次

离城区 30 公里
基本上做到了不再想你

那个才尽的江郎说：

——黯然销魂者，惟别而已。

戴翠媚

一个看来是她老公的人
来查看她的病历时
我看了那么一眼：
戴翠媚，胃肠急性肿瘤伴多发性淋巴转移
2016 年 11 月 9 日入院
2017 年 1 月 18 日死亡
女，32 岁。

希望　多年后

还能有别的人读到这首诗
可以再念一次她的姓名

在大同石窟之一

我们在每尊菩萨面前停留
看菩萨和它们身后
的壁画

有些菩萨也会看着我们
有些看起来没有看我们
而看着我们的身后

我们往身后看
并没有发现有什么特别
那些菩萨
看到了我们看不到的

雨

下雨了
雨水在眼前交织

落地的雨滴
迅速地聚拢
掩盖了它们
都是单独来的事实

没有菌子生长的夏天是不完美的

山上落雨。

山下落雨。

山中落雨。

你要站在一棵松树下
等雨停。

（选自艾先诗集《我爱我》，长江文艺出版社2019年6月版）

域外

阿莱杭德娜·皮扎尼克诗选

/［阿根廷］阿莱杭德娜·皮扎尼克
/汪天艾　译

女夜歌人

乔，把旧年夜晚做成歌……

死于她的蓝衣的女人在唱。向她醉意的太阳充满死亡地唱。她的歌里有一件蓝衣，有一匹白马，有一颗绿心文着她死去的心跳动的回声。她暴露在所有堕落面前唱，身旁是她自己一个迷路的小女孩：她的好运护身符。尽管唇间绿雾眼底灰冷，她的声音腐蚀口渴与摸索杯子的手之间敞开的距离。她唱。

致奥尔加·奥罗斯科

眩晕或凝视什么的终结

这朵丁香自己剥掉花瓣。
从她本身落下
掩藏她旧日的影子。
我要诸如此类地死去。

聋提灯

缺席的人们鼓起风，夜很浓。夜是死人眼睑的颜色。
我整晚造夜。我整晚地写。一个词一个词我写夜晚。

特权

一

他叫过的我的名字已经遗失，
他的脸围绕我转动
像夜里水流的声音，
当水落在水里。
最终幸存的是他的微笑，
不是我的记忆。

二

属于离人的夜里
最美的那个，
噢被渴望的，
无尽的是你的不回归，
影子是你直到所有白天的白天。

凝视

惊恐的形态都死去再没有一个外面和一个里面。没人聆听那个地方因为那个地方不存在。

以聆听为目的他们正在聆听那个地方。夜在你的面具里闪电。用乌鸦的叫声穿透你。用黑色的鸟群锤击你。敌对的颜色汇集于那部悲剧。

心之夜

秋天在一堵墙的蓝里：请做那些死去的小女孩的庇护。

每个晚上，一声尖叫持续的时间里，来一个新的影子。自主的神秘女人独自起舞。我分享她狩猎季第一夜年幼动物的恐惧。

冬天故事

松树间风的光，我懂这些白炽悲伤的记号吗？

自缢者在标记了丁香色十字的树上来回摇荡。

直到他终于从我的梦中溜出，与午夜的风勾结，穿过窗户，荡进我的房间。

在另一个清晨

我看见沉默而绝望的轮廓生长直到我的眼睛。我听见灰色的、稠密的声音在从前是心脏的地方。

去地基

有人想打开某扇门。抓紧她恶兆之骨的监牢双手生疼。
她整晚挣脱她的新影子。在清晨里面下雨用悲哭锤击。
童年从我地下墓穴的夜晚央求。
音乐散发天真的颜色。
天明时的灰色鸟群之于关上的窗，我的诗之于我所有的病。

轮廓与静默

抽搐的手逐我流亡。
帮帮我不去求助。

我在入夜时被爱，将被送死。
帮帮我不去求助。

为掌管静默之断章

一

语言的力量是悲痛、独自的女人，我从远方听见她们透过我的声音唱。而远方，那片黑色沙地上，长眠一个小女孩密布祖先的音乐。哪里有真正的死亡？我想用我对光的缺乏照亮自己。病兆死于记忆。长眠的她戴着母狼的面具寄居我体内。无法再承受的她求来火焰我们一起燃烧。

二

当语言的房子的瓦顶掀飞，词语不再庇护，我说话。 红衣女人在面具里迷路，虽然她们终将回来在花间啜泣。 死亡并非无声。我听见服丧人的歌声当他们缝上沉默的裂缝。我听见你最甜蜜的恸哭在我灰色的静默里开花。

三

死亡已向沉默复原它沉迷的声望。而我还没说出我的诗，我得说出来。即使这首诗（此地，此时）没有意义，没有终点。

魅

那些女人穿上红衣为我的痛苦用我的痛苦在我呼气之间消耗自己，她们被抓住像我后颈最内侧的幼蝎，红衣的母亲们吸走我用几乎从不跳动的心脏给予我的唯一热度，我永远要独自学习喝水吃饭呼吸该怎样做没人教过我哭泣将来也不会有人哪怕是那些高大的女人粘着我呼吸中微红唾液的衬布和漂浮在血中的面纱，我的血，只有我的，我曾勉力得来而今她们来喝我的血此前她们已经杀了国王他漂在河上动了动眼睛微笑但是他已经死了当一个人死了，尽管微笑还是死的，那些高大的、悲痛的红衣女人已经杀死去往下游的人而我留在这里作为被永久占有的人质。

雷沙德·克利尼茨基诗选

/ ［波兰］雷沙德·克利尼茨基
/ 李以亮 译

“那突然而至的夜晚……”

那突然而至的夜晚充满盐和松脂，双眼和双唇的恩爱，黑暗蜷缩于灯盏的小小教堂我的身体避难于你的身体，在黑暗中看见。
在露珠的眼皮下雾似的无人的瞳仁梦见，
受伤的童年潮退而去。

“在一个深渊的……”

在一个深渊的山脚在一道闪电的斜坡，你的房子曾经矗立

活着的诗

诗就像为心脏工作而输入的血液：捐献者也许早已死于突发事故，但他们的血液活着——与他人的血流融合在一起

并复苏了他人的双唇。

“温柔……”

温柔——就像在某个废弃的房子里你发现一缕秀发在一片裁下的纸上一束紫罗兰凋谢在一只花瓶里

温柔存在于——通向活人未知的岛屿那受致命伤的抵达中，于大屠杀中一个孩子幸存的发带

有一阵子

有一阵子我注意到当主人以口哨召唤他的狗时
多数过路人会回过头来。

失眠

失眠——你做的错事你受的委屈，未实现的梦，不能实现的梦，
所有白天，黑夜和噩梦之事，不可避免的错误，不可弥补的错误
近的——不可感知远的——不可忘却
也许死亡不能擦去的一切就像雨？死海总是将你抛到它的表面？

“并不是说……”

并不是说
我只有一次生命我也许从未生活过
在遥远的童年我便已失去信念我从未停止过忠实
我羞愧地阅读我最近的诗我漫步穿过它们就如雪层下的灰烬
我不想参与作伪我不想讲半真半假的真相
虚无梳理着我的信件和文件虚无以其油腻的手给它们贴上邮票
我几乎不能感到你是谁

这并不是我为什么学习沉默的
理由

自白，而非一首诗

我引起沮丧当我停止自娱的文字游戏——那奴隶的无助的戏耍
我听到铁的笑声和铅的大笑。在我喉头凝固的喑哑在生长。喑哑我听到喑哑的笑声，
它们现在不过是伤口。

像一个梦

真的，你的生活像一个梦，像一次火车旅行，一次沿着幸存大街的闲逛；
它不知不觉地延伸，无形中变化着：
拖延着——而且——被已知的道路扭曲成十字——
它无情地将你带到从前的下午
或者世代。

击打

“打击从最意想不到的角落落下……”
所以，是时候了，开始从头清点尘世的账目
或其他任何不可挽回之事

会谁

谁会比你的纯种狗更能理解你的平等意识？

没有必要

没有必要寻找，他们自己出现，奴隶们，随时准备屈服于权力那唯一的拖延着我们的爱和致命的疾病。

小林一茶——致扎加耶夫斯基夫妇

小林一茶，我不久前才读到他，他一生受尽贫穷和剥夺却幸福地活到了晚年，在一首不可译的诗里，他说：“爬呀，小蜗牛，爬上富士山，但要慢慢地。”慢慢地。

不要急啊，词语和心脏。

几乎全部

已是二十世纪了，所以我上床睡觉，带着报纸，眼镜，药丸，手表均触手可及；我不知道我会不会睡着，我不知道我会不会醒来

这就是一切。

你已经爬得很高了

你已经爬得很高了，我的小蜗牛，爬到了紫丁香黑色的叶子上！
但是请记住：九月就要结束了。

去睡吧

恐惧，去睡吧。不要睡着。如果其他人都睡着了，那么
睁着眼睡吧。

是的，她说

是的，她说，我们幸存了下来。现在我面临一个同样严重的挑战：乘上一辆电车，
回到家里。

谁知道

如果我们一起用我们的语言同时呼喊：“救命！”那么，谁知道，许多光年后我们另一个世界不可摧毁的堵塞的信号接收站也许能探测到一个应答
犹如一个回声。

画掉的开头——致兹别格涅夫·赫伯特

画掉的开头，在另外一边：白色，
在两者之间那么多的生活，不可描述——
——仍是一张白纸；被揉皱在燃烧后的烟灰缸里，
一个小小的无限？什么也不是？一点阳光和阴影

市城

首先它奖励秩序、干净、节约：犹太教堂变成了公共游泳池，市场停车位一点儿看不出犹太人墓地的痕迹。

霜

流言的白霜，绝望的化石。谁会听到大地上正在消失的赞美诗，行星间无声的问候，以及星座间互致的道别。黑太阳爆灭成冷冷的
寂静。

布达佩斯艺术博物馆

可怜的埃及公主的木乃伊暴露在异国人的注视下你在这里还好吗？在此你拥有了你的来世。此刻，我，也是它的一部分，正看着你。

此时再没有人来。没有人知道来世是否存在。

子栗

在布拉格犹太人新公墓我站在弗兰兹·卡夫卡博士坟前从附近一棵栗子树上最后的栗子落下晚秋下午的阳光下它有片刻的闪光在其他栗子，树叶，字母，

鹅卵石和石头中间。

只有雪

只有雪，只有水和火，只有沉重的大地和轻盈的空气，只有携带死亡的元素，只有死去的事物当它们从死者中起来

或者以它们的下一个化身重生

不受其行为的支配

燃烧过的纸屑

燃烧过的纸屑之星星坠落在大街上——

仅仅几年或几千年之前你可能会想到天堂，也可能空间不够用不时要烧掉一些文件它们记录了曾在地球上行走的每一个人的每一个动作；

你现在所感到的既不能叫放弃也不能叫希望之缺乏

过路

路过郊区的一所房子我从一扇开着的窗户里瞥见一个老人，在明亮的桌

子旁，独自吃饭。

谁给了我权利怀疑这个切开面包的人

为了生存可能也曾被迫背叛朋友或自己，无论他的手上是否沾着别人的血，

他的脸是否不曾被人唾口水？

是你

你是我唯一的祖国。

你是我唯一的祖国：沉默，你保存着所有徒劳的词语；

喑哑的云，呼吸，扫视，承载一封信的信鸽不留痕迹地离去；

你是我唯一的祖国：寂静，尖叫在死去的母语里；

像一场大火的受害者，他失去了一切无用的东西，像一个逃亡者刚逃出营房就被逮捕

虽然我不是你的孩子或者你的囚徒，我知道即使在流亡中我也将留在你的里面：言语，你也将在我的里面像一只红肿的舌头：心跳让我活着

直到它不能

“冒失？心不在焉？意外……”

冒失？心不在焉？意外？一只小蜥蜴，颤动于荆棘和常春藤中间，带我走向你，一个死者的岛屿被蔚蓝色的墙壁和海水包围。我欣赏你的小诗但我不能理解你的生活。好吧，埃兹拉·庞德。我知道得不多。我得回去了。作为纪念我想从小路上带走一枚鹅卵石看上去深邃、紧闭、不言不语。我将它留给大地和无人的沉默。

零点差一刻

你的声音在受话器里被另一个我无法理解的声音覆盖。也许在拨打911，也许在告诉一个应答机“我爱你”，或是有人，在装卸库存，或是咒骂，抽泣。

来自臭氧层外？来自大西洋水底？零点差一刻
　　不属于任何人的一个时间。

普瓦捷大街

　　傍晚时分，下着小雪。奥塞美术馆在罢工，附近人行道边灰暗的一团：一个流浪汉蜷成球状（或许是来自陷入内战的某国的一个难民）仍然躺着，裹在毯子里，一只垃圾睡袋，和活下去的权利。昨天他的无线电还在播放。今天硬币冷却在纸上，在星座上，
　　那些不存在的行星和月亮。

（选自《十月》2019 年第 5 期）

推荐

蔡丽推荐诗人：易志刚

易志刚的我诗，干净，质朴，几乎无所修饰，却对人世间现实的苦难具有敏锐的体察力。诉苦的诗很多，也有很多人爱写，成了当下文学的一股潮流，易志刚自然也在其中。对一个具有独立意志的诗人而言，潮流是应该警惕的。但就现实主义的这股苦情潮流而言，我们同时应该看到一个诗人或是一个作家对社会、对现实生活的清醒和善良。就易志刚而言，难能可贵的是他切入现场的姿态，他的诗是描写的、呈现的、生活的、日常性的。洞开的一扇窗户上的斑斑污痕、地铁口车门前一个茫然无措的妇女、报纸上一则新闻和地铁里穿梭来往的上班族，这些人群中每时每刻的擦肩而过和匆匆一瞥，体现了一个人——甚至可以说就是我们自己中的一个，纯粹出于善意和良知，且在不经意间的捕捉和体察。

易志刚另一部分诗，属于传统的自我抒情。这些诗写得很自然，诗句自在流泻，几乎感觉不到使力的痕迹。这些诗，就像大自然森林里的蘑菇，有些长得很饱满，掂在手上有分量。有些长得瘦，掂起来比较轻盈，易志刚几乎放弃了经营，他更执着于言志。透过语词，与诗人的心紧贴，仍然可以感受到这位诗人内心情感的细腻，而在一种天然性情的沉静、克制的张力中，这种情感的微波、世相的思悟以其纯粹的形态隐然闪现，直抵人心，比一切解释、铺垫、高呼都来得深沉有力。

我想嘎吱一下整个世界

/ 易志刚

窗户

他们只租得起
一间没有窗户的房间
当婚房
她说，应该有窗户
他就请人画了一扇
打开的窗户
有蓝天有白云
起初是早上她在
床上起来
想把头探出窗户
后来是他
在夜里把头
连连撞上去
窗上的点点血迹
使这扇窗户
变得更真实

走得匆忙的男人

晚报报道，早上
一名失业的中年男子
跳下地铁轨道
造成交通中断。
我认出了他
在换乘的地铁通道里
他穿着黑色的夹克
拥挤的人群中，低头快行
比匆忙的人
更匆忙
像是在赶那趟命中指定的地铁
也像是在赶上班的打卡点

许愿池里的硬币

寺庙前的许愿池里
香客扔进大量的硬币
多到一定时候
有人捞起来
用作寺庙的日常开支
这些硬币又开始
在市场流通
带着磨损的痕迹
从一个口袋
辗转到另一个口袋
直到有一天
碰到另一个香客
把它扔进许愿池里
暂时洗净身上的污垢
躺在水里

安静一段日子

我想咯吱一下整个世界

儿子咯吱我一下
我转身咯吱他
他咯咯笑个不停
走进厨房
我咯吱一下正忙的妻子
她停下手中的活
脸上有些嗔怒
继而浮起红晕
经过客厅时
我咯吱了一下沉默的父亲
他仰起茫然的脸
露出久违的笑
我独自来到阳台
面对夜空
我想咯吱一下整个世界
却找不到
它的胳肢窝

赴宴

从北城赶到南城
酒菜上齐
人已入席
唐总是从西安来的
朱总是从山东来的
沙总是从湖南来的
白总是从四川来的
牛总是从山西来的

鱼虾是从南海来的
螃蟹是从长河来的
乌龟是从深山来的
牛羊是从草原来的
飞禽是从天上来的
大家一一见过
举杯欢饮
酒过三巡
唐总开始说法
白总变成了妖精
朱总醉眼迷蒙
牛总呼风唤雨
沙总刀叉相接
我举起一双金箍棒
大喝一声
满桌虾兵蟹将
飞禽走兽
顿时丢兵弃甲
尸骨遍野

恍若隔世

这么多年都没有联系了
你突然让你的女儿来看我
这个面容酷似当年你的女孩
坐在我的对面无声微笑
我一时不知道
是你想让我再看看年轻时的你
还是你想看一眼
已经不再年轻的我

一只蝴蝶

在街头公园深处
草地上，一只蝴蝶在飞
他应该是庄子
我看见他停下时
收起灰色的长袍

腹语

寡居的女人
她养的猫
她养的狗
她养的猪
都会说人话

多年后
我才知道
这叫
腹语

太多的话
烂在她的
肚子里

坟头的杂草

入秋了
奶奶坟头的杂草
变得枯黄稀疏
我犹豫
是否要清理

小时候
奶奶的头发
总是梳理得很整齐
抹了头油
挽上发髻
直到临死几年
精神出了问题
头发乱糟糟的
像这坟头的杂草

一扇紧闭的门

车门瞬间关上
把她的男人
关到另一个世界
她惶恐地拍打车门
“等等我”
这个四十多岁的农妇
她只是迟钝了一下
车门已经关闭
她回头看看四周
又抬头望向上方
没有发现
可以得到的帮助
现在车开始启动
驶向下一个地铁站
她还在绝望地
一遍遍拍打
这扇紧闭的
冰冷的门

痛

那个又聋又哑的傻女人
每次拦住我，情绪激动地
比画着，竭力控诉她男人的暴力
到最后，总想解开衣服
让我看她身上的伤痕
我难为情地转过身
那时我在读高中
只有假期回到村里
村里的老人及时给我解围
常骂女人有吃有喝而不知感恩
她的男人黝黑精瘦
终日辛苦劳作，沉默寡言
我已多年未回故乡
每次写诗，极力想写出心中的痛
总是想起那个又聋又哑的女人
不知心中的痛能否写出
不知心中的痛是否有人愿意去倾听
不知那些痛是否值得去写，或者
那些无痕的痛是否真的存在

前后二十年

去年过生日时
我想起二十年前
母亲正是在我这个年龄到的北京
帮忙照顾刚出生的儿子
后来再没有离开
这二十年，她适应城市生活
适应在另一个家庭的生活
我也在适应

一个做父亲的生活
我们都在适应中完成一段人生
只有儿子的生活
过得无忧无虑
未来二十年，我们将过
母亲前二十年的生活
儿子将过
我们前二十年的生活
希望母亲也能过一过
我的儿子，她的孙子
前二十年的生活

白衬衣

每天回到家里
脱下白衬衣
我的母亲
总是细心地
用手搓洗干净
她不愿用洗衣机
也不愿用熨斗
她不想让它
再承受那些重力
她也不愿意
让它整天挂在衣柜里
而是用手抚平
整齐地叠好
放在抽屉里
躺上一两天

中国诗歌网作品精选

给我

楚吴

给我小，尘埃的小
给我空，玻璃窗的空
给我细，蛛丝的细
给我弱，门环生铜绿的弱
给我痛，梁木如肋骨断裂的痛
给我湿，苍蝇翅膀上的湿
给我浅，洗衣池泥土的浅
给我污，塑料袋埋一半的污
给我恶，枸骨树突出的恶
给我低，大雪压弯村庄的低
给我不悟，斜视一轮残月的不悟
我是一处废墟，在内心的黑暗里行走
给我光，人类故事燃烧的光
给我爱，春天让木梯发芽的爱

夜雨记

胡弦

看见一本抄经，
想起抄经者已不在了。
看到一则讣告，惊讶于
我以为已死去很久的某人，竟在世间
又默默活了那么多年。

昨夜暴风雨，失眠者在床上
辗转反侧——要在激烈的
扭打过后，才能分辨什么更适合怀抱。
我也曾在泥泞的路径上跋涉……

而阳光照着今晨的理发店。
经过梳理，一场
暴风雨渐渐恢复了理性，消失在梳齿
偶尔闪现的火花中。

自然会有办法的

胡查

去年埋下的种子
现在还没有发芽。
别人家的花在开，别人家的棺材。
周围那么黑，看不见也无妨。
不用担心盲人、瞎马、悬崖，
船到桥头，自然会有办法。

我说的那些事并没有发生。
种子还在果实里，棺木还是一棵树。
一切形同虚设。
不必猜测生命去往何处。
雪落高山，霜降平原。
大海怎么办？伟大的自然会有办法的。

说

梁晓明

我走到语言旁边
我看见炊烟
炊烟是东汉的一个故事
一翻开扉页它就上岸
波纹打湿了两岸的语言

我一伸手指

空气向四方荡开
撞到墙上又向我撞回来
我被车子挤到路边
脚下正踩着一片枯叶
枯叶咔嚓一声碎裂脚下
蓝天就在眼睛里拉开
这时我就站在语言的后面

我知道后面往往是墙壁
墙壁上石灰一片洁白
洁白又站在天空的门外
我却站在洁白的家里
家里是前辈混乱的遗产
我站上被风灌满的阳台
栏杆正叩击着空气的瓦片

空气从遥远的树叶上起来
它赶来与我的手指相见
我把一本书翻到诗歌这一页
我大声朗读：
“大海的脸上都是皱纹”
再旁边一点
就是咖啡馆
像一个逗号
点在阳光与青草的中间
头发像菊花开在眉毛上
酒杯里于是升起南山

坐在桌前铺开稿纸
把语言与烟灰抹到右边
用一只簸箕把它们装走
提起脚一踢垃圾箱的铁门

哐当一声哗啦啦倒下去
是音乐
不是语言
但是我往后面一站
是语言
而不是音乐。

父亲的鸟群

贾想

父亲载我回家，途中微雨
摩托也突然熄火。左右田野
一阵哂笑，而远山消失于空蒙

只好推车漫步。雨异常胆小
你眯上眼睛望向她，她却说：我不在。
绯色的耳廓，从父亲的白 T 恤上
探出来，听着声响

确认安全后，雨唤下云中
躲藏已久的同伴。一个集合名词
砸中父亲：瓢泼大雨。小隐隐于野
我立即撑伞说：我不在

只有父亲和北温带的植物
裸在雨中，任肩头落满透明的鸟群
好雨一场。这个老练的农夫轻声说
生怕将初来乍到的秋天惊散

适应

伤水

蓦然间就日落了
好像太阳从没有在天幕出现过
那种平静
不是教我明白，而是让我适应——
附和自头到脚的消失

我怀疑我曾经被照亮过
再有阳光时，我将仔细查看
晦暗的部位是否依然
此时，身体颤了一下
多么奇异：又暗又亮的心境

这苦涩又贫乏的疆域……

李南

去门源看油菜花
这季节有点晚了。
去祁连山看雪景
似乎又过于早了。
我还未走遍青海的每一个州县
——苦涩又贫乏的疆域。
我知道我会死于
漫长的二十一世纪
我知道在年迈之时
缺氧，高反，再也无法返回青海。
所以我重视每一次返乡的意义
在草地上，在强烈的紫外线下
我又变成了小学生——尽管年过半百
坐在这天地教室的第一排。

假如

马泽平

人们从山里运出干柴、粮食和墓碑
人们保留住前些时候的肃穆
于是我开始担忧你的近况，贫寒是其中一种

我托人们给你棉衣，向你问好
我叮嘱人们把缺憾还给你，一样也不能少
并告诉你：河水就要卷起浪花，我就要忘掉你

执手

桑眉

现在我坐下来
我们坐下来
夹杂在旧木桌、旧竹椅和陌生人之间
那只灰斑鸠比师父和香客还自在

烈日炎炎，碧荷在殿外举着伞柄
无人落座的桌椅在廊角叠罗汉
我们那两个盖碗茶盖也交叠在一起
怀中清凉信物呢？可否交付沸水

阁楼上所有房门都紧闭
晾晒的僧袍隐约勾勒主人形态
他们是另一个世界派到这个世界的人
肉身装着轻风和白云

记起来，不久前也曾生出浮云意
可当我们泼茶揖别，他却悄然拾起我的手

仿佛我是一粒崖柏
仿佛我们永远不会失散

上海琐记

郭丛与

弄堂狭窄而古旧，一间早点铺
点一碗甜豆浆，荷包蛋
最好是溏心的。热气
蒸腾。三月的潮湿，一息尚存的
阴冷。老板娘在最唠叨的年龄里
沉默，拿着不锈钢大勺，斜倚
餐台。电线胶皮的剥落与墙角的
霉迹视而不见，门框外是一家
望不到边的购物中心。我认识的
所有奢侈品都在这里，不认识的
往往更加奢侈。黄浦江的水声
不远，陆家嘴是一个突出的循环。
城市的印象交织于，南京路上的
擦肩而过。我一早便收到前一天
下单的手机，打字的速度
还没有恢复。原来，在时间之前
连键盘都无法了解我，上海
也更接近于某种谵妄。店里
没有其他客人，老板娘注视着我
面前空空的碗，我发现自己
早应结账。积极与主动也许可以
换来继续坐一会的权利。

睡眠前的阅读

刘立云

“这位伟大的梦游女话音刚落，汽车就
停了下来。兴登堡林阴大道的树
绿色，普鲁士风，间距一律。我们下车，
贝布拉让司机等着
我不想进四季咖啡馆，我的脑子有点乱，需要
新鲜空气。于是我们就到斯特芬公园去散步
贝布拉在我右边，罗丝维塔在我左边……”

打开君特·格拉斯的战争小说《铁皮鼓》
右下角随意翻到的页码告诉我
此处位于胡其鼎先生翻译，由漓江出版社出版的
这本书的第351页的，第二自然段
而“我”是谁？兴登堡林阴大道在德国的
哪座城市？那位仿佛先知先觉的梦游女
是书里提到的贝布拉，还是罗丝维塔？
再就是，“我”与贝布拉和罗丝维塔，是亲人
还是情人？抑或一个亲人、一个情人？
但我为什么要知道这些？它们
与我有关吗？与我今天晚上的睡眠有关吗？

你看出来了，我是一个不讲道理的读者
我睡前读书的方式属于乱点鸳鸯谱
翻到哪读哪。其实我是在用书催眠，不问书里的人从哪里来
要到哪里去。为此，我喜欢上了君特·格拉斯
喜欢上了他的絮絮叨叨，他那些浸泡
现代哲学语境的自言自语
像一剂毒药，读着读着，头便歪向一边

我是在读到“贝布拉打着官腔，摆出前线剧团团长

和上尉的架势，向我提议说：‘请您加入到
我们中间来吧，年轻人，播鼓
唱碎啤酒杯和电灯泡！’”时，歪头睡过去的
当时我还在嘀咕：啤酒杯和电灯泡
怎么可能唱碎呢？忽然一脚踏空，坠入万丈深渊

夜晚穿过城市

李昀璐

光被滥用，还有很多东西
被我们拉下了神坛

地面生出很多影子
本就拥挤不堪的人间
更加难以捉摸

它们拥有不同的颜色
变幻的霓虹灯
并不能，准确描述灵魂

它们是城市夜游的流浪者
庞大的数量，让它们变得廉价

如果渴望不同，或者渴望与其他的
事物连接在一起，光也会很快地转动
分开所有牵连

消亡的速度太快了，像冰一样
光也像冰一样，透彻、寒冷

我孤身穿过城市，始终依靠着狭窄的阴影
避开了脚下所有的追求者

月光

钱利娜

把我当成一片叶子
像前世的一条道路
在你心中卷起
把你的嘴唇放在上面
吹出一个曲子
叶片的每一次颤抖
就长出一个音符，音符
是她自身的囚徒
长出房屋、桌椅和床榻
你称之为家园
也长出退缩的云
拧出暴风雨
在雷电撕裂伤口之前，沐浴我们的月光
是一间临时出租屋
仿佛重拾的天堂
还没来得及破碎

树名考

石棉

认识一种植物比写出一首诗
更令我期待。在陌生的树前驻足
它的名字暂时是个秘密
我用这个秘密消磨下午时光
真相不急着揭晓
大可以慢慢交谈。话题涉及
根系、花期、果实、气候
也大可以涉及一些与身世

无关的琐事。一下午，我与树的交流
多于人类，而它
与人类的交流多于其他树木
我不知晓，树与树之间
是否用得上提防之术
只确定我提防人类的技巧
用不到这棵树的身上
当最终得悉它的名字，从秘密中
走出来，其欣喜
不亚于从一场推心置腹的交谈
获得极纯粹的友谊

在梁鸿湿地

谷禾

早春的阳光带着微薄寒凉，
豆梨才露出白牙，
风中俯仰的野芦苇
灰茫茫一片，仿佛被命运扼紧了脖子。

骨头的断折之声传来，
如冰碴碎裂，而水边油菜花金黄。
在细浪的镜子里，
季节刚迈开趔趄的脚步。

所以仅有爱还不够，还要跑起来，
还要一叶障目，无视白云与黄花举案齐眉。

野旷天低，你说是泥土涵养了水分，
还是相反？我喜欢
这散漫凌乱的早春，从桨声的裂隙里，
蒲公英和白鹭飞起，

从残雪下取回了羽毛和翔集的钥匙。

河水如脉络，遍布大地全身，
要蹀躞流过春天，
才能挽留蜜蜂、蝴蝶、更多的采花盗。
我还有秘密的手艺，
以保持一首诗的完整性与不可模仿。

我知道的，时间不会怅惘失神，
在季节的轮回里，
泥土梦见火焰和新生的青竹，也把这湿地
带向江水停歇之处。

一步一莲花

孤城

一步一莲花，登高台。会不会走着走着就
走进了来生
云雾洗涤出来的门槛，雕龙嘴里吐出的清泉

是不是不下山，就可以干净地活在梦里面
就可以
朴素地站在来世的枝头，和一朵心仪的花儿头挨着头
数星星，喝露水
一天换一个花样寻开心
苦难有多沉，身体就有多轻盈
宛若莲花刻在石头里
不离分

燕子之歌

黄礼孩

燕子忽上忽下，飞翔不定
它急速又准确无误地捕捉到
高处或者低处的小昆虫

停在电线上的燕子，寂静
像白色宣纸上初来的新墨
风迷惑线条，吹动光的附和
微微晃动的身影推开了视野

燕子带着刀刃，裁剪新的岁月
云天之上，它的签名无迹可寻
如黑色的闪电拜访了春天的大地

静安宾馆

汗漫

香樟树围拢庭院，草地上
几只灰鸽子在微风的伴奏下
复习民国时代上流社会的舞步。
这座西班牙风格的历史保护建筑
需要一个牙医来保护——
露台像牙齿，品尝上海雨季的酸涩度。

美工师定期为大堂穹顶的彩色天使
换换新裙子、新魅力。
午后，数百女士面对梳妆台维护自我
数百先生在窗前回忆另一次出行。
时间的威胁，各自面对。
木质护墙板很像斗牛士护身服。

前廊下，门童接过行李
拾级而上，像陪伴客人到西班牙去。
他可能不知道洛尔迦的谣曲——
马在山间，船在海上。
宾馆在客愁里。每次路过
想起远方和友人，我的心就安静下来。

蝴蝶标本

顾春芳

蝴蝶，被钉在时钟之下，
指针刚刚经过十二点。

它触动了一架标本的记忆，
在亚马孙水域的正午，
时间正在丛林里热烈地狂欢。

孩子，在整个夏天奔波于
从桌子到椅子的距离。

他们垂手伏案在木格子里，
这情形让我想起幽闭的忏悔室，
在一所教堂尽头的过道里。

灯塔

殷常青

从黑夜的海上浮出，照到隐约的航船，
也磨亮了那些不知疲倦的眺望，
它带来隐喻、指引，也暗含着孤单、不安。
风声吹动风声，叹息穿过叹息——

当船队侧身而过，灯塔恋恋不舍，
在茫茫黑夜里，在荒凉的瀚海中。
血养荆棘，花开似锦。大海之上——
灯塔熄灭之前，月亮比故国那轮更圆，
远方的爱，比远方更远。那些波涛，
是空阔中盛开的苜蓿花，那些鱼群，
曾经是诗篇中的词语，我爱上它们之间隐藏的暗礁，
也爱上它们之间的翻涌、颤抖，以及动荡。
在灯塔熄灭之前，它是黑夜的指针，
甚至一直在怂恿：黑夜再黑一些，大海再广阔一些，
仿佛对黑夜的羡慕，归于被黑夜毁灭的幸福，
再次被扶助着从黑夜的海面缓缓升起——
很久以前的一座灯塔还在照彻，
那么多人在触及了它的光芒之后，仍在眺望。

评论与随笔

“现代汉诗”的概念及其文化政治

——从奚密的诗歌批评实践出发

/ 刘奎

胡适在 1917 年发表的《文学改良刍议》中说：“文学者，随时代而变迁者也。一时代有一时代之文学。周秦有周秦之文学，汉魏有汉魏之文学，唐宋元明有唐宋元明之文学。”[1] 胡适的观念带有文学进化论色彩，同时，也是祖述焦循、王国维等人的相关说法，这重渊源已有较多论者的考证。王国维在《宋元戏曲史 · 序》中开篇就说：“凡一代有一代之文学：楚之骚，汉之赋，六代之骈语，唐之诗，宋之词，元之曲，皆所谓一代之文学，而后世莫能继焉者也。”沿着王国维、胡适的相关说法，明清则有白话小说的兴起，那么此后该是何种文体呢？尤其是在新文化运动发生百余年后的今天，我们回望 20 世纪的中国文学，何种文体可列入这个谱系？一种答案是新诗，或者说现代汉诗。

相对而言，作为文体概念，新诗这个说法显得有些权宜。正如王光明所指出的，“‘新诗’是与‘旧诗’相对的概念，它虽然对本世纪的诗歌建设做出了较大的贡献，但较难显示诗的性质和价值”[2]。王光明在 20 世纪末提出“现代汉语诗歌”的概念以替代新诗，并于 1997 年组织召开以“现代汉诗的本体特征”为主题的研讨会。在王光明等人的呼吁下，“现代汉语诗歌”这个概念现已获得不少学者认可，并产生多部与之相关的学术论著。也如学界早已意识到的，美国学界的新诗研究者奚密（Michelle Yeh），实际上早在用“现

[1] 胡适：《文学改良刍议》，《新青年》第 2 卷第 5 号，1917 年 1 月 1 日。

[2] 王光明：《中国新诗本体反思》，《中国社会科学》1998 年第 4 期。

代汉诗”（Modern Chinese Poetry）这个概念，其《现代汉诗：一九一七年以来的理论与实践》虽然2008年才在中国面世，但英文版——*Modern Chinese Poetry: Theory and Practice Since* 1917——则于1991年便已出版[1]。对于奚密所提出的“现代汉诗”概念，已有不少学者谈论其内涵及产生的汉学语境[2]。笔者由此出发，对不同语境、不同脉络中的“现代汉诗”概念略作辨析，进而讨论奚密“现代汉诗”概念的建设性。

一

现代汉诗（Modern Chinese Poetry）这个词汇一开始只是海外研究中国新诗的普通翻译术语，正如现代中国文学（Modern Chinese Literature）一样，主要是断代与国别的意涵。现代汉诗一开始可能还较为倾向现代主义诗歌流派，如汉乐逸（Lloyd Halt）的《卞之琳：现代汉诗研究》（Pien Chih-lin : a study in modern Chinese poetry）[3]，即是如此。汉语世界也早有芒克等人创办的名为《现代汉诗》的杂志。奚密沿袭英语世界的传统，用这个术语来指称新文化运动以来的新诗，并通过批评实践不断丰富这个概念的理论内涵。较之新诗，现代汉诗这个概念有多方面的优势，如它涵盖的地域从大陆扩展到整个华语诗歌圈，正如奚密所说：“‘现代汉诗’意指1917年文学革命以来的白话诗。我认为这个概念既可超越（中国大陆）现、当代诗歌的分野，又超越地域上中国大陆与其他以汉语从事诗歌创作之地区的分野。”[4]跨域视野是汉学界尤其是美国现当代文学研究者如王德威、奚密等人的独特之处，这对中国大陆现代与当代文学研究之间，及大陆文学与华文文学之间畛域分明的格

[1] Michelle Yeh, Modern Chinese Poetry: Theory and Practice Since 1917, New Haven: Yale University Press,1991。

[2] 张松建：《边缘性、本土性与现代性：奚密“现代汉诗”研究述评》，《九州学林》第2卷第4期（2004年9月）。翟月琴：《奚密现代汉诗研究综论》，《中国现代文学研究丛刊》，2014年第12期。张森林：《抒情美典的追求者：奚密现代汉诗研究述评》，《汉语言文学研究》2016年第3期，等等。

[3] Lloyd Halt. Pien Chih-lin: a study in modern Chinese poetry, Walter de Gruyter & Co.,1983。

[4] 奚密：《现代汉诗的文化政治》，《学术思想评论》第5辑，第17页。

局颇有启发性。对奚密来说，跨域并非是为笼括所有的研究对象而采取的折中，相反，她是从新诗发生与发展的脉络中，认识到这种综合视野之必要。正如她在反驳兼乐（William J.F.Jenner）和郑敏时所言，“他们也都没有考虑中国大陆以外的现代汉诗，包括台湾自 20 年代以来的现代诗，以及香港、东南亚和其他地区的华文诗歌。他们抱怨现代汉诗乏善可陈，然而又完全忽视大陆以外的诗人和作品”[1]。也就是说，于奚密而言，现代汉诗只有包括了大陆以外的其他汉语新诗才是完整的，因为这些地方的新诗创作不仅从精神上延续着新诗革命的精神，从探索经验和创作成就而言更是现代汉语诗歌必不可少的部分，如果忽略了这块，对新诗的任何整体判断可能都是不准确的。

除了更完整地涵括新诗创作外，奚密还通过这个概念，实现对现代汉诗革新精神的把握，及对现代汉诗诗学的提炼。奚密的《现代汉诗：一九一七年以来的理论与实践》从诗歌观念、诗人身份、诗歌形式及写法等不同方面考察新诗革命所带来的新旧之间的差异。在她看来，新诗最核心的精神实际上就是革故鼎新：

> 如果我们只能选择一个词来形容现代汉诗，我以为那就是“革命”。现代汉诗是一全面的美学革命，企图推翻原有的诗歌成规，包括形式、音律、题材，以及——最根本的——语言。以现代白话来取代文言的主张给予古典传统一致命打击，它也将 1917 年的文学革命和晚清的诗界革命（由梁启超、黄遵宪、夏曾佑、谭嗣同等领导）明白地区分开来。虽然现代汉诗的第一篇宣言，胡适的《文学改良刍议》，并没有使用“革命”一词，但是它在初稿及胡适 1917 年前后的相关文字里频频出现，更遑论陈独秀的《文学革命论》。[2]

新诗的革命性，不仅在打破已成经典的格律诗传统，更在于强大的古典传统之外另立新的传统。奚密在为《现代汉诗》中文版所写序言中，依然坚持认为：“现代汉诗最大的贡献，莫过于它勇于在古典经典传统之外另辟蹊径：从诗人何为到何谓诗、如何诗的反思，几十年筚路蓝缕，引发了多少争议？

[1] 奚密：《现代汉诗的文化政治》，《学术思想评论》第 5 辑，第 11 页。

[2] 同上，第 1-2 页。

又开创了多少新局面？现代汉诗最大的成就，莫过于对诗作为一个形式与内容之有机体的体认与实践：没有新的形式，哪能包容新的内容？没有新的文字，哪能体现新的精神？所谓现代，所谓先锋，如此而已。”[1] 可以说，奚密是 20 世纪八九十年代新诗革命不断遭到内外质疑的情形下，自觉捍卫新诗精神的少数海外学者之一。

奚密对“现代汉诗”的研究，不仅在于重新将新诗革命历史化，重拾新诗精神，更在于她对现代汉诗诗学的探索和提炼。新诗遭遇的最大问题是当它抛弃旧体诗的形式之后，如何还能称之为诗，即“当现代诗抛弃了格律、文言文和辞藻，它如何被认可为诗？”[2] 如果撇开古典诗这个强大的美学传统的“影响的焦虑”，反过来看，这正是新诗的创造性所在，即“这可能是中国历史上第一次形成了一种致力探究诗歌核心，在传统规范以外为诗定义的高度自觉”，“尽管现代诗人没有一个普遍性的价值系统和一整齐同质的读者群，他们却拥有探索诗之内质的充分自由”[3]。新诗对新价值和新形式的探求，虽然历时尚短，但从奚密的研究可以发现，实际上已有不少的成就。如《现代汉诗》一书中讨论的“跳跃性诗学”“环形结构”等，以及《走向一种噪音诗学：从胡适到夏宇》（Toward a Poetics of Noise: From Hu Shi to Hsia Y ü）所勾勒的从胡适到夏宇的“噪音诗学”[4]，《“变调”与“全视镜”：商禽研究》（“Variant Keys” and “Omni-Vision” : A Study of Shang Qin）对台湾诗人商禽“变调”诗学与超越传统形式及现实的“全视镜”视角的探讨[5]，等等。从历史与现实、理论与批评等不同角度，探究并丰富了现代汉诗这个概念的理论内涵。

[1] 奚密：《现代汉诗：一九一七年以来的理论与实践》，奚密、宋炳辉译，上海三联书店 2008 年版，第 1 页。

[2] 同上，第 21 页。

[3] 同上，第 22-23 页。

[4] Michelle Yeh, Toward a Poetics of Noise: From Hu Shi to Hsia Yü, Chinese Literature: Essays, Articles, Reviews (CLEAR), Vol. 30 (Dec., 2008), pp. 167- 178.

[5] Michelle Yeh, “Variant Keys” and “Omni-Vision” : A Study of Shang Qin, Modern Chinese Literature, Vol. 9, No. 2 (Fall 1996), pp. 327-367.

二

当奚密面对西方世界对新诗的批评，起而重申新诗精神时，中国也出现对新诗革命的质疑，不少学者进而提出“现代汉诗”以替代“新诗”，奚密所提的“现代汉诗”概念也被国内学者作为提倡现代汉诗的理论呼应。但如果仔细辨析的话，双方的“现代汉诗”在具体内涵方面还是有些差异。王光明对“新诗”概念的反思，是从诗歌本体出发的，在他看来，“站在诗歌本体论的立场，面对20世纪中国诗歌的历史和发展，‘白话诗’与‘新诗’这两个概念，固然反映了历史和时代的合理要求，但也包含着语言认识和中国诗歌寻求现代性过程中的迷思。最简略地说：‘白话诗’时期，追求的是‘白话’，‘新诗’时期追求的是‘新’，两个时期的重点往往都在诗的外部而不在诗歌本身价值的追求上”[1]。王光明所指出的早期白话诗在语言主张上的激进性、二元论，理论认识上的局限、白话诗运动的实用主义色彩，思想视域中的维“新”情结等，不可不谓切中早期白话诗运动的弊病。这种反思可视为世纪末对世纪初新诗运动的回望，是带着新的焦虑的反思，意在从形式美学的角度建立新诗的诗美学。

这种反思的声音，并非偶然产生，既有港台的资源，同时也与新时期的思想氛围密切相关。仅王光明论文征引的资料，便有林以亮《论新诗的形式》《再论新诗的形式》、吴兴华《现在的新诗》、胡菊人《论新诗的几个问题》《文化反刍：中文革命与依萨·庞德》、余光中《谈新诗的语言》等港台资料。其中吴兴华《现在的新诗》虽然于20世纪40年代在北平发表，但其主要影响却在新时期才被重新发掘。而影响更大的当属郑敏的《世纪末的回顾：汉语语言的变革与中国新诗创作》。郑敏在20世纪40年代步入诗坛，是当时颇引人注目的现代主义诗人，1949年曾出过《诗集：一九四二——一九四九》，新时期作为“九叶”诗人重新受到文坛关注。但让人颇为意外的是，这样一个从现代诗阵营内部走出的诗人，却对早期的新诗运动作了最激烈的否定。在她看来，胡适一代因为对语言理论认识不足，才会以激进的态度否定文言，不仅形成对后世影响深远的二元思维模式，同时也导致白话诗迟迟未能走向

[1] 现代汉诗百年演变课题组编：《现代汉诗 反思与求索——1997年武夷山现代汉诗研讨会论文汇编》，作家出版社1998年版，第22页。

成熟。[1] 郑敏的批评当然不仅仅是针对诗歌而言，而是带着对“极左”思潮的文化反思，不过因为她的诗人身份以及她的批判对象，新诗被当做了主要的标靶。

对于郑敏的批评，国内学界有两种不同的回应。一是以王光明为代表的学者，在反思新诗这个概念以及该概念所蕴含的文学进化论、二元思维等内容的基础上，提出新的批评范式和诗学术语，以建构更平和中允也更贴近诗歌形式特性的诗歌美学，如《现代汉诗的百年演变》便试图以新的标准重写诗歌史[2]。另一类是以臧棣为代表的诗人学者。与前者对新诗理论的重建不同，他对新诗及其美学机制作了历史性解读，并试图捍卫新诗所代表的价值立场和美学体系。臧棣对相关质疑的最早回应，也是在由“现代汉诗百年演变课题组”于 1997 年召开的“现代汉诗的本体特征”研讨会上，他提交的论文《现代性与新诗的评价》对类似“新诗的‘不成熟’盖因于它所采用的语言同古典语言的断裂”的观点做出明确的回应。臧棣认为，这类责难将现代与传统的对立相对化了，也就是说，忽略了现代性的合法性正是建立在对传统反叛之上的。更为关键的是，并非只有诗歌语言如此，中国的思想史乃至社会结构都经历了类似的过程。甚至可以说，新诗的反传统是与近代中国的社会结构变化，以及东西文化碰撞等变化牵连在一起的。臧棣从现代性的视野出发，指出“新诗的诞生不是反叛古典诗歌的必然结果，而是在中西文化冲突中不断拓展的一个新的审美空间自身发展的必然结果”[3]。这个观念，在他后来写的《“诗意”的文学政治 ——论“诗意”在中国新诗实践中的踪迹和限度》一文中表达得更为清楚，即新诗与旧诗虽然都是汉语诗歌，但二者在诗歌本体层面就并不相同，如果用“诗意”这类带有超时空色彩的概念谈论二者，反而会模糊新诗较之旧诗的异质性。或者说，即便是谈论诗意，新诗的诗意正是建立在对古典诗诗意的拒绝的基础之上的，如果单以古典诗的诗意来要

[1] 郑敏：《世纪末的回顾：汉语语言的变革与中国新诗创作》，《文学评论》1993 年第 3 期。

[2] 王光明：《现代汉诗的百年演变》，河北教育出版社 2003 年版，第 10 页。

[3] 现代汉诗百年演变课题组编：《现代汉诗：反思与求索——1997 年武夷山现代汉诗研讨会论文汇编》，作家出版社 1998 年版，第 89 页。

求新诗，无异于缘木求鱼。[1]

从这个格局来说，奚密的现代汉诗概念，从地域范围而言与王光明等人的提倡一致，但从理论内涵而言，反倒与臧棣的观念更为接近。尤其是在新诗的诗意是要在古典诗的范式之外重建这一点上，臧棣与奚密的观点基本上一致，二人的细微差异，可能主要在面对西方现代性时的中国文化主体性这个问题上。

三

虽然二元对立的思维方式容易让复杂的问题简单化，但在谈论新诗时，似乎还是不可避免地要放在东西、新旧（传统与现代）这个时空坐标上，“现代汉诗”这个概念，正是对这两组问题的回应。

无论是晚清的“诗界革命”还是新文化运动时期的新诗运动，西方诗歌都是重要资源。与此相应的，是新诗对传统诗歌的激进态度。新诗的这种姿态，20 世纪 50 年代纪弦的要“横的移植”、不要“纵的继承”的说法可谓走到极端。对于新诗的这种文化姿态，诗坛、学界及大众读者从来不乏质疑之声。新时期以来较有代表性的声音除了上文提及的郑敏以外，更早则有美国学者宇文所安的说法，他在 1990 年的《“环球影响的忧虑”：什么是世界诗》一文中，在谈论世界诗与民族性议题时表达了他对中国新诗的看法。他先是对北岛诗作的可译性有所批评，即北岛诗歌缺乏民族性。在宇文所安看来，“在‘世界诗歌’这一范畴内，诗人仍必须寻求一种可接受的方式来表明诗人自己的民族性”，因而，宇文所安对中国 20 世纪的诗歌革命评价不高，认为是用西方浪漫主义替代了原本最具民族性的古典诗。宇文所安的说法在海外学界引起了较多的回应，如宇文所安本意是以维护民族性以反抗西方语言的霸权，但正如有论者指出的，宇文所安对中华性的想象反而落入东方主义的陷阱[2]。差不多与宇文所安同时，郑敏也发表了她对白话诗运动的批判。而臧棣的回

[1] 臧棣：《“诗意”的文学政治——论“诗意”在中国新诗实践中的踪迹和限度》，《新诗评论》2007 年第 1 期。

[2] 参考奚密所引安参斯伯格的说法，见奚密：《现代汉诗的文化政治》，《学术思想评论》第 5 辑，第 13-14 页。

应，主要是从现代与传统的“世界历史”视野入手，根据现代社会的心理结构，为现代诗的反传统辩护。在他看来，“现代性”是世界性潮流，中国近现代的变革是这个结构性转换的一环。其次，传统之所以成为一个问题，实际上正是由现代性凸显或发明出来的，“因为现代性本身既是一个无限敞开的观念及其实践系统。在某种意义上，传统的概念、形象、范畴，实际上都是由现代性提出的”。[1] 其三，新诗对现代性的寻求，是晚清以来中国寻求现代性的一部分，是与中国社会结构变化同构，而又先于或者说引领社会思潮的现象。

奚密对宇文所安和郑敏的回应，虽然也从诗学创新的角度，肯定新诗所带来的革命性和开放性，但她更强调新诗在向外寻求资源时的转化能力，也就是在效法西方时的抵抗过程，因而，她在回溯新诗的革命精神时，提出的是一个兼具美学与文化政治的问题：“如何在依赖西方先进以发展中国之现代化的同时又必须抗拒西方列强以建立中国的主体性。”[2] 这种类似“抵抗的现代性”的说法，与日本学界竹内好等人的鲁迅研究相通。奚密的很多研究都在试图找到中国现代诗人如何借鉴西方资源，进而建构现代汉诗自身的独特形式，而且这个过程并非单独发生在文化领域，也是与中国社会变革同构的。因而，她对新诗革新中的文化主体性是持肯定态度的：“现代汉诗只是欧美原本的模仿，因此注定了永远落后一步呢？还是，它倾向于某些外来影响因为他们叩应内在对改变的要求，回答类似的问题，解决类似的难题？换言之，现代汉诗只是西方帝国主义文化的被动接受者呢，还是自我转化的能动者？这些年来我始终坚持是后者。”[3] 奚密对中国近现代文化变革过程中，在借鉴西方资源时的文化主体性问题的重视，呼应了美国汉学在新时期的转向，即从早期费正清的“刺激—反应”说，到保罗·科文的“在中国发现历史”的转变[4]。

反抗的主体性不仅是奚密从总体上探讨新诗中西问题的视野与方法，同

---

[1] 现代汉诗百年演变课题组编：《现代汉诗：反思与求索——1997 年武夷山现代汉诗研讨会论文汇编》，作家出版社 1998 年版，第 91 页。

[2] 奚密：《现代汉诗的文化政治》，《学术思想评论》第 5 辑，第 3 页。

[3] 同上，第 13 页。

[4] 参考柯文：《在中国发现历史——中国中心观在美国的兴起》，林同奇译，中华书局，1989 年。

时也是她思考新诗与传统，以及新诗微观诗学生成的方法。如所谓的“从边缘出发”，也需要部分地置于这种反抗主体的生成视域之中。正如她所指出的，“‘边缘’的意义指向是双重的：它既意味着诗歌传统中心地位的丧失，暗示潜在的认同危机，同时也象征新的空间的获得，使诗得以与主话语展开批判性的对话”[1]。从这个角度而言，新诗是在新旧、东西的双线上作战，并在对抗与交互的过程中重建其文化性格和审美形式：“现代汉诗边缘化的另一影响是，诗人挣脱了传统规范的束缚，获得更大的创作自由。对个人独立的倡导，表现在诗观上即体认诗是一独立完整的个体，与外在世界相呼应而最终超越其上。”[2]

虽然新诗这个概念的生成有其自身的历史性，但“现代汉诗”这个概念的提出，无疑为当代重新思考新诗出路及建构何种典律的问题，开拓了新的视野。不过，现代汉诗的“现代”是否摆脱了现代性的迷思，还是依旧如新诗的“新”一般，也带有独特的文化意识形态？或许我们只有走出现代性迷思之后，才能认清新诗这个新文体的意义。奚密对现代汉诗的诠释，提醒我们的是，在过去的一百年里，新诗的发生、发展与现代中国的历史转折密切相关，在追求现代性的步伐中艰难迈进，也在抵抗中逐渐确立着自身独特性。

（选自《世界华文文学论坛》2019年第2期）

---

[1] 奚密：《从边缘出发：现代汉诗的另类传统》，广东人民出版社，2000年，第1页。
[2] 同上，第17页。

朱朱的力量之诗

/ 王子瓜

一

西蒙娜·薇依从《伊利亚特》中发现了“力量”(《〈伊利亚特〉，或力量之诗》)，她认为力量才是这部史诗的关键乃至主题，《伊利亚特》讲述的是力量如何将人变为物的故事。薇依对史诗诸多细节的把握令人赞叹，尤其是她发现：

> 诗中的战士们要么如同火灾、水淹、暴风、猛兽或各种盲目的灾难起因，要么如同受惊的动物、树木、水、沙或一切受外在强力驱使之物……战争……的真正目的在于战士的灵魂。[1]

不论是承受力量的人还是操纵力量的人，在史诗作者的眼中都与非人之物别无二致。如此，薇依揭示出“力量把人变成物的能力是双重的”，“征服者和被征服者是同处于苦难中的兄弟”。人变成物的过程，就是主体丧失其主体性的过程，按照薇依的看法，力量正是主体性丧失的原因。薇依的讨论自有其特殊的语境，无疑，她的着眼点在于她的时代里那些狂暴的力量，她要求力量学习如何节制，“极限、尺度和均衡的理念，本该是人生的行为准则”，“古希腊人在修习美德时首先是几何学家”。《伊利亚特》在她的眼中是一则

[1] 薇依：《柏拉图对话中的神》，吴雅凌译，北京：华夏出版社，2012年版，第27页。

镜照着现实的寓言。不过这真是一则包罗万象的寓言，假如沿着薇依的视角继续看下去，我们会发现它仍然别有洞天。薇依在她的论述中所关注的力量其实都不是力量本身，而是力量的使用，尤其是对人的使用。力量，原本是人与物之间的媒介，人通过力量来处置物，力量使人的创造成了可能。对人使用的力量是力量的一种极端形式，这时力量的固有属性使力量的承受者呈现出物性，而力量的施加者则反过来不再能够被视为一个使用力的严格意义上的主体，而是一个变化了的别的什么，因此也同样呈现出非人的物性。也就是说，薇依的观点或许应该被这样表述：当力量以人为对象时，它将从两个方向使人变成物。存在另外一些薇依没有提到的情况。在《伊利亚特》中，当力量被合理地使用时，我们能够感受到主体不仅没有消亡，反而因为力量的支撑而得到了突显，力量这时同心灵紧紧联系在一起：

> 你的心是那样的刚烈，就像斧斤的利刃，
> 带着工匠的臂力，吃砍一树圆木，凭着精湛的技艺，
> 伐木造船，斧斤满荷着他的力量闪落。[1]

这一段是帕里斯在形容赫克托耳的愤怒，这则比喻中，挥砍树木的工匠不仅没有因为力量的使用而消失，还反过来让那柄被“精湛的技艺”所操纵的斧头携带了“臂力”，它“吃砍”着树木。也就是说，这时力量不仅没有使主体呈现出物性，反而使物呈现出了主体性，主体性通过力量从主体身上延伸到了物之中。同时，这里比喻的本体并不是“用力”——使用力量的过程，而是“有力”——主体的状态，因此它所展现的是主体对于未被使用的力量本身的感受。人，没有像薇依所看重的那类事例中发生的那样，无法“在冲动和行动之间激发起栖息着思想的那个短暂间隙”，只能沦为“冲动的盲目的力量”。力量此时并非寄居在肉体和行动之上，而是激荡在心灵之中。这感受的过程更接近于一种凝思，在这一瞬间力量得到了灵魂投来的注视。这种感受最为强烈的时候，力量无暇顾及一切，除了湖面上自己的倒影：

> 陶醉于自己的勇力

[1] 荷马：《伊利亚特》，陈中梅译，北京：华夏出版社，2007 年版，第 55 页。

> 像一头狮子，
> 沉湎于自己的高傲和勇力[1]

力量成了沉醉的那喀索斯，而主体则是平静的湖面，在镜照力量的过程中它也确认了自身的存在。主体就是这样通过对力量的感受而被建立起来的。更有意味的是，仅就本文对《伊利亚特》有限的考查结果来看，“沉醉于力量本身”这样的情节，在这部宏伟的史诗中似乎仅出现了上面所引的两处，而这两处又分别出现在史诗中最具力量和人格魅力的两位英雄身上：赫克托耳和阿基琉斯。同时，两处情节也非常相似，他们并非仅靠一己之力便获得了此类体验，而都依凭着神祇的馈赠。[2] 接受了神力的英雄已经不再是从前的自己了，令他们如此沉醉的恐怕不单是这庞大的力量，还是在庇佑下得到了成长的崭新的主体性。力量造就了新的主体，对力量的体会成了主体对自身的体会，如此，原本晦暗不明的主体性得到了精确的把握，人没有沦为物，而是愈发地“人”了。尽管这片刻的沉醉十分短暂，此后战士无可避免地仍要步入自己的命运，但正如薇依所提到的勇气、爱与宽恕之时那样，它们都使裹挟于洪流之中的个人找回自己的灵魂，它们就是史诗所透露出来的救赎之所在。

那么，朱朱写下这句诗的时候是否也得到了某位神明的祝佑？他写道：

> 我被自己的能量迷住了（《鲁滨逊》）

我们的时代当真同荷马相隔那么远吗？史诗中的战士对力量挥霍无度，而我们则不是重蹈覆辙，便是根本上缺乏力量。力量的反常，意味着灵魂的变异，《伊利亚特》的悲剧发生在我们生活的每一天，即便是一个世俗意义上的成功者，也难以于心无愧地面对死亡的叩问。《鲁滨逊》的抒情主体一

---

[1] 荷马：《伊利亚特》，陈中梅译，北京：华夏出版社，2007 年版。

[2] 《伊利亚特》中，赫克托耳的神力来自阿波罗，阿波罗“给兵士的牧者（赫克托耳）吹入巨大的勇力”；阿基琉斯本人则是女神塞提丝之子，在这场战争中“雅典娜给了他巨大的勇力”。

直在进行这样的反思。这首诗的开头就将问题锁定在主体性之上，鲁滨逊使孩提时代的“我”第一次获得了对自我的认知和期许；接着“我”从事绘画并功成名就，此后“再也没有画过一幅画”，垂死之时发现“我什么也不是”。在诗的结尾，“我”其实根本没有得到什么拯救，虽然表面上看“我”终于有所领悟，发现鲁滨逊作为一个外来者对主体进行了长达一生的入侵，此时“我”终于驱赶走了盘踞在自我身上的殖民者；但“我”为自己找回的身份仍然是几个虚假的符号（“行者”），尽管这些符号比起鲁滨逊来显得本土化了一点，它们仍然和一个具体的精神与生命相去甚远。彻底的无力感将带来对主体的终极否定，“回家”是毫无意义的，既然精神已徒留一副垂死的躯壳。只有力量能够拯救他，诗中朱朱完美地呈现了一个典型细节：“我”观察自己的血是如何向输液管回流的。这一过程赋予了“力量 / 能量”这一不可言传之物以时空的形体：

它先是染红那个用以调试输液速度的
小塑料包，
然后像一个作战图上的红箭头往上，
喷向倒挂在那个顶端的
大药液瓶中，
小花一样在水中绽开，
或者像章鱼施放的烟雾，
原子弹爆炸。
我被自己的能量迷住了，

主体对自身力量的感受，被外化、具体为对血液的观察，血液的流动、交融使力量被放大，变得异常清晰而又迷人，在这种沉醉中主体得以被确认。甚至人生的缺憾、自身的反面，也在对力量的沉醉中得到了安置和整合：

我终于，画了一幅画，以一种另外的方式。

这片刻的拯救很快便烟消云散了，但它仍然是一种拯救。《鲁滨逊》只是一例，写作《皮箱》（2005，广西师范大学出版社）时期的朱朱明显有这样的倾向：主体性不是向外探索便可获得之物，主体性的建立有赖于对自身，尤其是自身力量的体会。朱朱诗歌中强烈的主体意识，和他对力量感的把握是分不开的，可以说力量的书写不是朱朱诗歌的内容或主题，而是一种方法，并非是先有了主体才有对力量的感受，而是因为有了对力量的感受主体才得以建立，生活和现实才得以呈现为一种非凡的理解，而后者，在我看来，就是诗的别名。力量究竟是如何建立起了主体，又是如何造就了诗，成了朱朱诗歌的方法？

二

诗集《皮箱》毫无疑问是朱朱个人写作史的一个决定性的阶段。从结构上来看，此前，朱朱的写作基本是散文式的，《皮箱》时期和此后的写作则获得了清晰的主题。力量的发现和主体性的建立是这一现象背后的秘密，它们使转变的发生成为一种深刻的必然。《枯草上的盐》（2000，人民文学出版社）时期的朱朱只是凭借着天性偶尔触及力量，多数时候他是无力的。之所以用“散文”来形容这一时期的诗，并不仅仅是因为它们透露出一种弱化主题的倾向，更关键的是造就了它们的镜像化的方法，尽管这面镜子是多么奇异：

雨中的男人，有一圈细密的茸毛，
他们行走时像褐色的树，那么稀疏。
整条街道像粗大的萨克斯管伸过。
有一道光线沿着起伏的屋顶铺展，
雨丝落向孩子和狗。
树叶和墙壁上的灯无声地点燃。
我走进平原上的小镇，
镇上放着一篮栗子。
我走到人的唇与萨克斯相触的门。
（《小镇的萨克斯》，1992）

通过“雨中的男人”与“褐色的树”“街”与“萨克斯管”“雨”“孩子和狗”“树叶”“灯”“栗子”，这首诗感官化地转换了世界的细节，二者的转换中诞生了一种幻美，诗除了传达对这种幻美的感受以外别无其他。同样的方法或多或少地适用于《曼陀罗河》(1995)、《为一首长诗所作的晚祷》(1992)、《我梦见一头狮子的相互撕咬》(1993)、《为一颗心祈祷》(1996)、《舞会》(1998)、《克制的，太克制的》(1995)、《驶向另一颗星球》(1992)、《初春》(1994)、《在玛瑙的眼睛里》(1992) 以及组诗《小镇的巴洛克》等一大批作品。显然，对这一时期的朱朱而言，世界本身并不那么重要，它是为了感觉而存在的，进一步讲，也就是马拉美所说的，“世界的存在是为了一本书”[1]。这可以解释这一时期的作品何以总是在梦幻之中展开，梦幻是世界在心中的倒影；也正因为是倒影，梦幻才因袭了世界的结构，在这些诗中朱朱敏锐地把握到了世界/现实的不同片段，这种现实同主体之间没有什么深刻的联系，因此其本身不显示为任何结构或主题，呈现为一种黑格尔意义上的“世界的散文”[2]，在散文的世界中个体的感受无法与现实的普遍性统一起来成为真实。

感受，尤其达到朱朱所做到的程度，本身绝非易事，也有其意义，但这一点我们暂且不论。重要的是，这种唯感受的方法论所对应的主体并非完全自觉，他确实已做到从事物身上感受到自己，却只能破碎地感受自己，始终无法也并未主动考虑过要使自身得到清晰完整的展现。世界的结构通过梦幻也影响到了主体，在这个散文的世界中，朱朱诗歌的抒情主体也呈现出散文化的状况，除了感官以外他什么都不相信，而感官正是最具体和细致也是最易逝、无法把握、没有层次和结构的。感官的取悦总是一次性的，因此只相信感官的主体不得不永远寻求新的取悦。他与世界的关系成了一种消耗，要么通过消耗得到满足，要么无可消耗而感到空虚，此外什么都没有。主体远未完全建立，其精神几乎就是虚无主义的，他说：“记住，在空虚中什么也不接受。”(《雨》，1996) 这一阶段的主体是不成熟的，尽管他对于世界已经有

[1] 马拉美：《关于文学的发展》，王道乾译。原译为“世界被创造出来，实质上就是为了达到一本美的书的境界”。载《西方古今文论选》，伍蠡甫主编，上海：复旦大学出版社，1984 年版，第 270 页。

[2] 黑格尔：《美学》(第一卷)，朱光潜译，北京：商务印书馆，2015 年版，第 192 页。

了独特的感受机制，但这是属于一个小主体的感受机制，对他而言只有作为细节和感觉材料的世界，而没有作为一件艺术品的世界，艺术品的完整性呼唤一个同样完整的大主体。

那么，这是否是一种失败？并非如此。散文化是我们时代的一般命运，而向往总体性则是英雄艰难的使命。与其说这一时期的朱朱是个象征主义者，不如说他是一个颓废主义者。九十年代的朱朱从他研习的对象——他多次提到的几位，诸如马拉美、瓦莱里——那里学习到的象征主义其实主要是方法论意义上的，颓废主义才是这几位大师真正重要的馈赠，这一烙印即便在朱朱最新的诗集《五大道的冬天》（2017，华东师范大学出版社）中仍光彩熠熠，其自然和纯熟让人疑心这是否根本不是什么烙印，而是与生俱来的胎记。

与通俗的理解不尽相同，颓废主义的重要特征并非仅仅是一种颓废感（与之相邻的词语有萎靡、腐烂、衰弱等等）；按照卡林内斯库对文学 / 美学史上种种颓废概念的梳理来看，颓废的重要特征其实是繁荣和奢华，风格上表现为一种极度的精细和“欣快症”般的审美主义。颓废者最精细的时候，正如卡林内斯库从尼扎尔对雨果的批评和尼采对瓦格纳的批评中发现的那样，前者“用词语去获得那些典型地属于一种不同于诗歌的艺术（绘画）的效果”，后者则是“音乐语言中的维克多·雨果”[1]，而“工笔画般的”这一形容对朱朱而言恰恰是一种经常碰到的溢美之词。至于“欣快症”，卡林内斯库语焉不详，但大体上我们能够在他所转述的克罗齐对颓废主义的批评中看到解释：即“动物性感官享乐”[2]。联系起“颓废”（decadence）一词最初的汉语译法，这种“欣快症”就更容易被理解了。20 世纪初，邵洵美曾将“颓废”翻译成“颓加荡”，李欧梵对此有过热情的评价：“……‘颓加荡’音义兼收，颇为传神……它把颓和荡加在一起，颓废之外还加添了放荡、荡妇，甚至淫荡的言外之意，颇配合这个名词在西洋文艺中的涵义。”[3] 理解了这一点，我们就更容易看清朱朱诗歌中通常最引人注目的两个方面的本质：作为内容的情欲书写与作为

[1] 卡林内斯库：《现代性的五副面孔》，顾爱彬等译，北京：商务印书馆，2002 年版，第 207 页。

[2] 同上，第 231 页。

[3] 转引自薛雯，《颓废之美：颓废主义文学的发生、流变及特征研究》，哈尔滨：黑龙江人民出版社，2013 年版，第 2 页。

技法的精细，原来这二者是同一回事。

因此，颓废的含义原本就是复合的，而一般意义上对颓废的单一理解源自汉语通用译法的先天不足，从源起上去考虑“颓废”就更有助于我们理解这种复合性。按照卡林内斯库的考证，“最早引入‘颓废风格’（style of decadence）这个理论概念，并用大量常见而可辨识的特征来界定它的，是反浪漫派的法国保守批评家德西雷·尼扎尔……他的书表面上是论述晚期罗马帝国诗歌的，但他批评的实际目标无疑是浪漫主义”[1]。晚期罗马帝国诗歌之于维吉尔、奥维德，正如后来的浪漫主义之于新古典主义，颓废一方面是衰落，一方面又是衰落的原因：繁荣。孟德斯鸠发现了这一点，他说：“没有什么比大繁荣更接近于颓废”[2]。原本矛盾的两方面在尼扎尔所代表的新古典主义者眼中恰恰毫不奇怪，在新古典主义者们看来，无论是社会情况、心灵智性还是文学形式，繁荣都是在远离均衡和秩序。

按照这样的思路继续分析，可以说，在颓废的双重含义之中，繁荣是表象，而衰落是本质。因此，只有将朱朱前期的诗歌放在颓废主义的视野下才能将其看清楚，才能理解为什么那么精细、充斥着感官，却又那么空虚、无力，为什么“狂欢的河，苏醒时一阵虚弱”（《曼陀罗河》，1995），以及：

为什么天鹅是一匹
始终被空间骑回的马（《为一首长诗所作的晚祷》，1992）

天鹅的象征史可谓由来已久，经过波德莱尔、马拉美、瓦莱里、里尔克、史蒂文斯等经典诗人和至少二十余位中国重要诗人的反复书写[3]，其意义指向已经趋于稳定。天鹅体态唯美、优雅，鸣叫声宛如奇妙的歌手，让人很难不将它的形象和诗歌本身联系起来。如此，一种直观的理解是，这两句诗在追

[1] 卡林内斯库：《现代性的五副面孔》，顾爱彬等译，北京：商务印书馆，2002年版，第168页。

[2] 转引自卡林内斯库：《现代性的五副面孔》，顾爱彬等译，北京：商务印书馆，2002年版，第169页。

[3] 颜炼军：《“天鹅”在当代汉语新诗中的诗意漂移》，《中国现代文学研究丛刊》2012年第11期。

问的问题是诗的原理：经验上来看，优秀的诗歌（天鹅）似乎总是用具体的语言和意象（马）载回抽象之思（空间）而成就的。但假如再加考虑，这一套隐喻也暗含着朱朱本人在当时也许并未真正察觉的困境：马 / 语言所载回的也许根本不是货物 / 观念，而是骑手 / 主体。在这个意义上，我倾向于这样理解朱朱的这两句诗：困惑在于，为什么诗歌的形体（语言、意象）那么精致优美、生机勃勃，而驾驭它的主体却总是处于一种空缺的状态？

为什么？这就是朱朱揭示出来的我们的命运。朱朱前期的诗歌具有如此鲜明的颓废性质是一种必然。帝国的衰落造成社会情况的颓废，形而上学的瓦解造成精神的颓废，而形而上学的瓦解就是现代性发生的标志。一定程度上，尼采对瓦格纳的矛盾看法也适用于前期的朱朱，“他必须成为他的时代的坏的良心——因为他需要最好地理解它……一位哲学家会宣称：‘瓦格纳总括了现代性。没有别的出路，你首先必须成为一个瓦格纳派’”[1]，同样的，当代一个优秀的诗人必须首先是一个颓废的诗人。因为什么都不能相信，但又不愿放弃对真实的寻找，一个诗人必须首先将自己置入感官的洪流和表象的王国。否则，他就要么成为一个被意识形态或潮流所操纵的他者、被黑格尔所批判的“现代知解力”统治的人，要么干脆什么也不成为，两者都是放弃了主体性。颓废者的主体，像我们前边谈到的那样，最能把握到世界的表象和细节，却无力去探索那不同于表象和细节的东西。仅仅将表象和细节纳入感受之中，并不能使异己的世界和自身发生深刻的关联。坚实之物永远不会自动走入人的心中，颓废者的主体是消极的，他虽然从未停下脚步，但也从未走出空虚的命运。

这一时期的朱朱为我们展示出了命运的图景，这图景的中心是“消耗”。一方面，这时的朱朱常常是无力的，或者说，他几乎总是处在力量被耗尽的状态。《伊利亚特》中的英雄也会失去力量，但那种失去总是转瞬间的事情，英雄不是逐渐感到疲惫，无力总是伴随着神明的离开或死亡的来临而突然发生的；朱朱前期诗歌中的无力感则总是表现为一种漫长的消耗，比如他说“（阳光）慢慢变形，变软”（《颤栗者》，1990）、“在对你的漫长等待中 / 我不想因此被毁灭”（《石头城》，1992）、“我用完了皮肤里的冰川”（《父亲的回

[1] 转引自卡林内斯库：《现代性的五副面孔》，顾爱彬等译，北京：商务印书馆，2002 年版，第 193 页。

忆录》,1996)等等,甚至终极的无力也是如此:“一切死得多慢”(《煽动》,1998)。在这样的消耗中,他不得不总是“睡”“梦”或“死”。太累了,这种疲劳不论是不是肉体的,都一定是精神的,比如,“我在我的肉体中休息,/带有日光下的睡意”(《初春》,1994),这句诗通过将“我”同“我的肉体”区分,明确了前一个“我”的精神性。当然还有许多并未明说的睡眠和梦境,比如《人的意识就是飞蛾》中,事物在“混乱的马达”中“更遥远”,成为“更幽暗的幻影”,明显就是在描述睡梦的状态;《睡眠,我的小蜘蛛》中所说的午后的“迷乱”“智力的低潮”,《舞会》中“像一层厚厚的脂肪”“在音乐里漂浮”,也都是如此。从这个角度来看,极具意味的是《蚂蚁》(1996)一诗。这首诗乍看起来充满了力量,但其实又不是:

你要那些该死的力量做什么?
拿去,我给你一个人的力量,
一个男人的力量,
一个年轻男人的力量。

一支军队的力量
隐藏在你颤抖的躯体里。
……
你用该死的力量
在夏日午后的沉沉睡意中翻过一座山丘,
遗弃了同类。

诗中,尽管肉体充满了“该死的力量”,精神仍然那么疲倦,带着“沉沉睡意”;同时,对“同类”的遗弃就是对社会性的遗弃,由此这首诗指明了个人和整体之间存在着无法弥合的断裂,这正是精神层面的无力感的源头。

另一方面,事实上,前文已提到过另一种消耗:感官和语言的消耗,朱朱前期作品的这一面相代表着我们时代一部分诗歌的鲜明特点。除了此前谈过的还可以再举一些例子,比如《夏日南京的主题》(1992)一诗,这首诗充满了精密的细节:迟钝于太阳的麻雀、跌落在鸟粪上的鸬鹚,手、窗户、木板、女人、蝇群、树、风、门……一切都得到了细致的描写，感受力在抚摸着一切，并在重复：接下来又是鸬鹚、手、少女，而对这些作为感受的事物的强调最终走向的仍是同一种感受。整首诗呈现出单一的向度，事物和事物、意象和意象之间并没有深刻的必然，它们同主体的关系仅在于平等地隶属于局部的经验。主体虽然获得了一个个细节，但并没有通过这些细节得到什么提升，他在自己的感受中原地转圈。语言的狂欢、感官的“欣快症”，如果不能像木材、砖石那样经由消耗转化为居所和宫殿（意味着均衡、精确、稳固），就只能沦为无法满足的欲望。在感官和语言带来的简单直接的满足同空虚的交替中，主体认识世界、获得普遍性并将其与自身统一于真实的愿望止步于此，不再获得灵魂的成长。

这幅以消耗为中心的图景本身就是“现代”。苏珊·桑塔格在对有关结核病的幻象的讨论中发现，力量的“消耗”“反映出早期资本主义对于积累的态度”“能量，正如储蓄，会因胡乱支出而耗尽、耗空或用完。身体将因此而开始‘销蚀’自身，患者将‘耗尽’”[1]；同时，现代的诞生过程伴随着无力对有力的取代，结核病“赋予贵族的外貌一种新的模式”，成为“文雅、精致和敏感的标志”，这些“恰逢贵族已不再是一种力量，而主要以一种形象开始出现之时”[2]。无力感、被耗尽，在桑塔格看来都不仅是疾病的隐喻，也同时是现代性的标志。这一观点十分富有启示性，它使我们看清“消耗”的观念早已从物质领域延伸到精神领域中：在早期资本主义的逻辑中，消耗资本的欲望变得强烈但又被无限压抑，因而浪漫主义过剩的情感表达使这种消耗得到了象征性的解决；而在发达资本主义的逻辑中，生产/积累变得不再重要，消费/消耗则成了一切，而以消耗为重要标志的诗歌也就从内部（而不仅仅是外部，如文化产业）异化为了一家家琳琅满目、堆满产品的超市。在这样的消耗中，主体性的成长是无望的。这就是前期的朱朱，一个处在感官、语言和精神力量的不断消耗之中的颓废者，他能够依靠的只剩下那绝不妥协于惯性的感受力，以此苦苦支撑着自身的主体性，使之不至完全沦陷。这就是一个现代人的处境和命运。

[1] 苏珊·桑塔格：《疾病的隐喻》，程巍译，上海：上海译文出版社，2003年版，第56、57页。

[2] 同上，第26、27页。

三

这里需要澄清一个基本认识：事实上，尽管整体上具有颓废主义的诸多特征，但颓废主义显然不可能概括《枯草上的盐》整本诗集。《枯草上的盐》的探索是多方面的，其中存在诸多例外，也已经蕴含着希望的秘密。而相对的，在《皮箱》中，尽管转变已经在大规模地发生，颓废主义最重要的特征——精细的语言和感官的欣快症——依然鲜明地存在。那么，诗集《枯草上的盐》中的希望和诗集《皮箱》中的转变是什么呢?

诗集《枯草上的盐》四处弥漫的无力感中存在着少量但十分强大的异数。朱朱本人显然也意识到了这个异数的重要性，因为诗集的标题“枯草上的盐”正是从这个异数中来的：

多么强大的风，
从对面的群山
吹拂到厨房里悬挂的围裙上，
屋脊像一块锈蚀的钟摆跟着晃动。
……
强大的风
它有一些更特殊的金子
要交给首饰匠。
我们只管在饥饿的间歇里等待，
什么该接受，什么值得细细地描画。
（《厨房之歌》，1998）

在这首诗中朱朱第一次获得对力量的体会。谁都不知道这股奇妙而强大的力量是从哪里来的，现实再一次同《伊利亚特》联系起来——这是否就是神明的祝佑？在意象的选择上，《厨房之歌》不同于此前我们所看到华美和优雅，它变得贫困和强力：一方面是“水分被空气偷偷吸干的梨子”“枯草上撒盐”“饥饿”，一方面是“强大的风”和它在厨房中肆无忌惮的行动。如果说卧室是家中最具梦幻性的场所，是个虚弱而又不断寻求感官享乐的颓废派，那么厨房就是最具现实性的：在厨房中一个人需要对物体进行各种操作，认识、清洗、切割、组合、翻炒、丢弃……厨房同主体性建立了充分和必要的联系："厨房多么像它的主人"，主体不仅像从前那样能从对象中看到自己，还从自己身上看到了对象，自己的一切行为在厨房中获得了新的意义，就连属于卧室的事情——睡眠，也被厨房争夺过来，他说："将胡椒拌进睡眠"。如此，"强大的风"对厨房造成的改变：使"屋脊像一块锈蚀的钟摆跟着晃动""掀开了暗橱，/ 又把围裙吹倒在脚边""刮除灶台边的污垢"，也都是对主体所造成的改变，它动摇着主体，并用强力的清扫而使他变得贫困和清晰。污垢，多余、臃肿的东西、感官盈余的渣滓，都被这股强大的风驱散了；通过对强大的风的感受，厨房 / 主体从混沌中获得了清晰的秩序；不仅如此，作为"首饰匠"的主体还看见了原本无形的风中"特殊的金子"，获得了"风"的特殊性，因此主体同客体真正统一起来，外部力量由此被主体完全捕获了。最终，主体对自身有了一种新的理解，这理解既是感受的（饥饿），也是知性的（等待），表现为对自身的明确规定和对外在的价值判断。这种成长是显而易见的，这时的主体对自身与世界的关系有了新的认识，不再是"记住，在空虚中什么也不接受"，而是意识到自己的心在分辨"什么该接受，什么值得细细地描画"。这一切都要归功于那"强大的风"。

从《枯草上的盐》到《皮箱》，力量在被不断地发现，不断地转化。《蚂蚁》中主体发现了肉身的力量，但不知所措，而只能被耗尽；《厨房之歌》中力量首先是外界的、物质性的，经由厨房的中介，被转化为内在的、精神性的，具体来说就是一种表现为价值判断的意志力量。价值判断，意味着结构在主体内部的显现，世界从此开始变得不再是散文的了，主体不再只是感受性地认识（消耗）无穷无尽的现实，而是在物我关系的体系中把握现实，异己的现实由意志改造为家园成了可能。到了《皮箱》时期，力量开始集中从身体进入意志。值得一提的是，在力量诞生和主体获得结构的同时，形式层面上，诗歌也开始获得清晰的结构和主题。

主体就是这样获得了意志力量作为其内在结构。《厨房之歌》是这一切的开始，这首诗中朱朱为他的意志力量找到了特殊的形式，或许可以称其为一种"聚焦"的结构。这层关系非常适合于以结构主义的术语来表达："聚焦"

是意志力量体现在文本中的一种表层结构。当主体肯定着那“该接受”和“值得细细地描画”的事物的时候，也就意味着否定了其他不该接受和描画的事物，而将精神聚焦在肯定之物上。这也解释了《厨房之歌》中的意象何以大都是贫瘠的。力量促使主体积极地参与现实的建立，而不再是消极地消耗现实，那些被肯定的事物正是主体参与之后的现实。如果说现实本身是客观的，那么被主体肯定之后的现实则可以被称为“真实”,真实是现实和主体的统一，主体的建立就是从现实中发现真实的过程。

《厨房之歌》以后，聚焦结构也曾多次重现在朱朱的诗歌中，每一次重现都精确地展示出主体的进展，这条线索主要由同时期的《瘟疫》、诗集《皮箱》时期的《青烟》和《皮箱》、诗集《故事》时期的《江南共和国》《先驱》《多伦路》《两个记忆》和《拉萨路》等诗构成，在这些作品中主体不断地自我辩证，从一个唯美颓废主义[1]的主体转变为一个横跨形而上学与历史政治的主体，完成了他漫长而惊人的成长。

回到本节开头的问题：诗集《皮箱》中的转变是什么呢？从《厨房之歌》开始朱朱找到了力量，这种力量宛如神启，从外界直接进入了主体的精神，成了意志力量并在文本中表现为聚焦结构，在朱朱最近二十年的写作中构成了一条隐秘的写作路线，陪伴着主体的成长。也就是说，在这条写作路线中我们可以看到力量在促成着主体性的建立。不过这绝不是《皮箱》中发生的转变的全部，从《皮箱》中我们看到更多的线索佐证着这样的观点：力量不仅在促成主体性，它甚至直接构成着主体性，成为主体性的一部分。这就是组诗《清河县》。

组诗《清河县》是一场力量的盛宴。有趣的是，力量第一次敢于如此肆无忌惮地释放，却是依凭了历史的傀儡。《清河县》是诗集《皮箱》的开篇，统摄了整本诗集的语言节奏和质感，与《枯草上的盐》中的作品相比出现了明显的新质。《清河县》原本由六首诗构成,但是在最新的诗集《五大道的冬天》中朱朱续写了这部代表作（《清河县 II》），又为它增添了六首。这组诗调用了《金瓶梅》《水浒》等经典文本参与互文的游戏,前一组诗由不同的抒情主体（也可以说是傀儡）围绕着潘金莲这一自初现以来被反复改写重写的文学形象而

[1] 唯美主义与颓废主义密不可分，国内关于这方面问题的重要研究参见解志熙：《美的偏至：中国现代唯美颓废主义文学思潮研究》，上海：上海文艺出版社，1997 年版。

展开，后一组诗则反过来，以潘金莲为抒情主体来照看周围的人和世界，视角、关系错综复杂，是极具难度的多声部的复调式作品，大组诗中又安排了许多小组诗，每一首都保持着相当高的水准，足可以称得上是朱朱的《献给奥尔甫斯的十四行诗》了。

不过，《清河县》用力量代替了《十四行》中的“歌”，成了那个“存在”。《清河县》表面上最引人注目的是它的情欲书写。显然，情欲书写不是从《清河县》开始才在朱朱的写作中出现的，诗集《枯草上的盐》中早已出现了许多。但《枯草上的盐》时期的情欲同《清河县》相比存在明显的不同，而从另一个角度来说，这也是朱朱的情欲书写同曾到处泛滥、粗制滥造的“下半身写作”者之间最重要的区别。《枯草上的盐》中，对情欲的书写无论是处于怎样的状态，都不会让人想到力量——它们要么是无力的，要么是脱力的。《过去生活的片段》（1993）中的情欲是一种慵懒的爱欲，他说“我躺在窗台上，不会因为爱你 / 而有激情”；《希腊》（1991）中的情欲是“纯洁的，我们的身体 / 像非洲的青山”；《金钩子》（1991）中的情欲在终结：“鸢尾花停止做爱，热血 / 从管脉里退回”；更多的情欲书写都在避开力量，避开情欲本身，而将它转化为唯美：“女友已敞开琴房”（《琴房》,1992）、“少女们的芬芳传来，/ 我睁着眼睛，随自己的肉体而变幻”（《夏日南京的主题》，1992）……

而《清河县》中的情欲饱含着力量感，情欲的背后是主体充沛的力量，情欲书写成了一种的对力量的书写：“我有旺盛的精力”（《顽童》）、“一个力，一个贯穿于她身体的力”（《洗窗》）、“晴空里到处释放的静电的花”（《武都头》）、“衔来波浪，/ 激荡着我们朽坏的航道”（《百宝箱》）、“你往常慌乱的目光反复践踏”（《浣溪沙》）、“我像炭盆般 / 被你用一把火钳拨弄”（《寒食》）……更重要的是，不仅情欲的部分是力量，非情欲的部分也还是力量：“他的奔跑有一种断了头的激情”（《郓哥，快跑》）、“城垣从他弯曲的臂膀间隆起，/ 屏挡住野兽”（《武都头》）、“用力地甩打我的内脏”（《威信》）、“棒杵挥得更卖力”（《浣溪沙》）、“去把升堂的鼓猛撞”（《小布袋》）、“你那满身的筋络全是教条而肌肉全是禁区”（《对饮》）……

因此，《清河县》是一部力量之诗而不是一部情欲之诗，情欲的确是这部交响乐的主旋律，但力量才是贯穿乐谱的主题，它是《清河县》为朱朱的写作带来的新质。作为《清河县》与诗集《皮箱》的开篇，《郓哥，快跑》的结尾（“他的奔跑有一种断了头的激情”）一直被论者们反复玩味。按照一般的理解，生命就是主体，断头就是生命的终结，也是主体的终结，使主体彻底沦为物体。然而这句诗的讲法动摇了生命和主体的等号，生命的终结似乎反而使主体得到了前所未有的释放，那么构成主体的就绝不是生命了，而是那个“激情”，是“奔跑”的力量。断头的郓哥有其新文学史上的原型，它来自鲁迅《故事新编》中的《铸剑》（1926）和施蛰存的历史小说《将军底头》（1930）。《铸剑》中的眉间尺、楚王和晏之敖、《将军底头》中的骑兵、花惊定将军和吐蕃将领都被斩下了头颅，而六人的头颅在被斩下之后也都仍“活着”，并继续行动着。主体都被与生物性的生命区分开了，象征着意志力量的头颅在生命结束后替代了完整的生命，继续行使主体的能力、履行他的意志。

力量构成了《清河县》中的主体，而不同主体间的力量冲突和斗争构成了《清河县》的叙事和抒情动力，对力量及其冲突过程、结果的描绘和感受是《清河县》的主要内容。更重要的是，力量冲突的内在形式依靠弗洛伊德主义的心理塑造，表现为诸多症候，如《武都头》中的厌女症、《百宝箱》中的受虐依赖和恋物癖等，这些固然也是颓废主义者所热衷的，“彻底的颓废主义作家……有时甚至不惜违背‘自然’的人性，通过吸服毒品、故意违反人情礼仪的邪僻行为以及性变态等举止，以追求法国诗人兰波所谓‘感官全面错乱’的境界”[1]，但是此时的朱朱与痴迷于感官消耗的颓废主义者已然不同，通过重写，朱朱使武松、王婆的心理疾病过渡为一种先天潜在的心理结构，在同经典作品的互文行为中获取了一种历史性，因而力量不仅是主体的，还成了超主体的；不仅是单一主体的，还是文化共同体的。力量在历史中获得了起源的地位，这使得《清河县》的“力量盛宴”从根本上区别于一次偶然发作的“欣快症”，后者是一种用以消耗的取悦，力量即使存在也只是作为客体而存在。

续写的《清河县 II》也遵循着自始至终的逻辑：从力量斗争到性压抑的转化，作为性欲的力量超越生死，成为主体：“我想要死得像一座悬崖，/ 即使倒塌也骑垮深渊里的一切！”（《围墙》）作为《清河县》最初版本的结尾，《威信》就直接揭示了力量的超主体性，它将作为共同体的清河县视为“接生婆”，

[1] 艾布拉姆斯：《文学术语汇释》，转引自解志熙：《美的偏至：中国现代唯美颓废主义文学思潮研究》，上海：上海文艺出版社，1997 年版，第 4 页。

每首诗中作为主体的力量也就有了他们共同的来源，力量从心理结构成了历史的结构,作为历史的力量在每个主体内部就获得了统治的合法性。经过《清河县》肆无忌惮的冲突和捶打，力量在朱朱此后的诗中仿佛是淬了火，像本文最开始谈到那样，常常表现为一种自我沉浸，总是要回味一番，而这往往是通过隐喻等工具来达成的，如此主体通过对力量的感受来得到自我的确认。在力量的充实下,《枯草上的盐》时期的颓废主义主体已经改头换面。无力感彻底消失了，力量不再出现被耗尽的情况；偶尔它会停下，但不再表现为一种被消耗的空虚，而是抵达一种安宁:“我获得的是一种被处决后的安宁，头颅撂在一边”(《林中空地》)；它甚至彻底重塑了空虚，使空虚成了纯粹力量的容器:“我啜泣在这个爱的真空”(《皮箱》)、“我的空虚里应有尽有”(《寒食》)。精细和欣快症仍然存在，但消耗的逻辑已经被摧毁了。力量在锻造着主体的同时，也将文本锤炼出了主题和结构，因为主体的成熟正在于他越是理解自己，就越是理解了他与世界之间的关系，主题和结构都不是从既往别处已存在的精神中出现的，而是主体从他的特殊性看到了普遍性，从而使每首诗都获得了独一无二的崭新的精神。相比于《枯草上的盐》的模糊,诗集《皮箱》及此后的诗所获得的清晰感亦来源于此。在主题和结构的统摄下，语言和感官仍然繁复、华丽，但它们都因为背后有那股朴素的力量而不再是无谓的消耗，每一个词都拥有了建造的坚实。

四

需要区分：存在于主体中、构成主体的力量，同出现在文本中的力量是两回事。如果说《厨房之歌》是力量的源起，力量既是首次存在于主体之中，又是首次表现在文本之中，那么本文的第三节所主要讨论的就是主体的意志力量如何以聚焦结构的形式在文本中展开，作为主体的力量如何以力量本身的形式在文本中展开。我们也明确了力量与主体的关系：力量不仅促成主体的成长，甚至也构成着主体本身。不过，聚焦结构和力量书写只是朱朱写作中两条较为特殊的路线，如何从更为一般的层面去讨论朱朱的诗歌、主体和力量呢?

物的层面是朱朱诗歌的一般层面。为什么是物？从本源上来说，文学本身具有认识论的维度，它涉及人对整体世界的认识和理解；而中国新诗作为一种文学形式，在当代已经基本表现为一种现象学[1]——它更强调摆脱既有的成见，强调如何在独特的自我中认识事物本身；历史地看，物也是中国古典诗歌最慷慨的馈赠，它包含着《诗经》《楚辞》对草木鸟兽的喜爱，包含着“格物致知”的思想传统，这份礼物辗转于庞德、艾略特，最后才又回到年轻的新诗手中。

对物的认识和理解的第一步是感觉，而朱朱从一开始就是一个唯感觉的诗人。与情感相比，感觉不仅同主体关系密切，更紧靠着现象，感觉是现象学的基础。在《枯草上的盐》中，即便是最具抒情性的诗歌，也充满了对物的感觉。物在文本中就是意象，朱朱也是操纵意象的大师。此外，朱朱对使用量词（如“一个”）的热衷也可以说明意象在他的诗歌中更多时候指称着事物本身。因此，接下来让我们从物与感觉的层面去考察朱朱的诗歌。

在这里，需要重新审视前文所谈到的“精细”和“欣快症”。精细是一种对事、物的描写形式，这种形式表现为大量的过程和细节描写；欣快症则是一种不断体验感觉的效果，这种效果是通过对感官的刺激来造成的。需要注意的是，诗歌中的感觉并非纯粹的感觉，而是一种象征性的感觉。诗歌在一般情况下的形式是文字，文字并不能直接成为感觉，而是先成为意识，进而通过意识成为一种感觉的想象。艺术理论家贝伦森在讨论文艺复兴时期的绘画时就使用了“触觉想象”（tactile imagination）来描述某些绘画作品带给人的触觉感受[2]。精细既然表现为大量的过程和细节描写，就难免会牵涉到各类感觉，既而使文本带有大量的感觉想象，在阅读时则会不断调动起读者的感官。因此，精细涉及感觉的形式，而欣快症是感觉的效果。如此，我们也重审了“颓废主义”：纯粹的颓废主义者就是感觉狂，在形而上学的瓦解使神秘、沉思的路径一同退场的情况下，他自以为感觉就是现象的全部。没有沉思的帮助，“感觉”即使能够成为更具综合性的“感受”，也很难成为深刻的“理解”。

感觉是物进入意识的第一步。不过，这里我们所谈到的感觉通常情况下在类型上是不完整的。众所周知，存在五种类型的基本感觉：视觉、听觉、味觉、嗅觉、触觉，然而在对文学作品的讨论中被纳入论域的常常只有视觉和听觉，而忽略后三种感觉。究其原因，表面上，视觉与听觉各自拥有自己发达的艺术形式：绘画与音乐，而其他三类感觉则没有，绘画和音乐的存在一方面使

---

[1] 杨经建：《“第三代诗”：现象学意义下的抒写》，《扬子江评论》，2015 年第 6 期。

[2] 管斐斐：《艺术与触觉》，《美苑》，2008 年第 1 期。

人们对于视觉和听觉的使用更为自觉，也更为重视，一方面又使文学批评容易获得学科交叉所带来的理论资源取用上的便利。而更深层次的原因，则涉及人类尤其是西方文化的感觉性质问题。

视觉和听觉在西方文明史上具有一种"霸权"，其中视觉尤甚。柏拉图的哲学基本上是感官憎恶的，但是对视觉和听觉网开一面，并未加以全盘否定，而是认为它们对智慧的完善能够提供感性的帮助，此后从亚里士多德（尽管对触觉有着不同的看法）到黑格尔所操持的都是这样一种以视觉和听觉为高级感官的感官等级制[1]。而在视觉与听觉之间，听觉则是相对的弱势感官。学者刘连杰在《触觉文化还是听觉文化》一文中较为清晰地梳理了西方文化中诸感觉的冲突。在他看来，尼采首先从口语到书面语言的演变层面上用听觉文化来批判视觉文化，称德国的绝大部分文学只不过是"聋子"文学；之后，海德格尔从存在论的高度深入阐述了视觉文化霸权的由来和听觉的优势，即"泰然任之于虚怀倾听"[2]；此外，伽达默尔、麦克卢汉和惟尔施等人都从各自

[1] 魏家川：《从触觉看感官等级制与审美文化逻辑》，《现代中国文化与文学》，2009年第2期。

[2] 刘连杰：《触觉文化还是听觉文化：也谈视觉文化之后》，《文艺理论研究》，2017年第3期。文中，刘连杰简要概述了海德格尔有关视觉和听觉文化的理论。他指出，海德格尔认为"希腊人对存在的看法其实已经完全肤浅化了"，其根源就在于柏拉图把存在解释为"idea"（理念），idea是个非常视觉化的词，本义为事物的可见外观。这导致了"希腊哲学的整个衰落"，因为它使得"希腊哲学停留于在场者本身当前"，这就为现代社会中世界成为图像埋下了伏根。海德格尔说道："在柏拉图那里，存在者之存在状态被规定为'外观'，这乃是世界必然成为图像这回事情的前提条件。"世界本是我们生存的根基，现在却"被把握为图像了"，成了人们可以操纵、控制、征服的对象。世界失去了作为自身的神圣性，成了供人开发的资源。与此同时，人也成了主体，因为"世界之成为图像，与人在存在者范围内成为主体是同一个过程"。这个主体按照自身的计划，逼迫世界交出他所想要的答案，"施行其对一切事物的计算、计划和培育的无限制的暴力"。这样，人与世界的关系变得前所未有地紧张起来。与之相反，听觉的转瞬即逝却为存在者增添了某种神秘的品质，它要求人们仔细聆听，专心致志，虚心迎接存在者的到来。为了改造传统的视觉存在论，海德格尔提出了"作为本有的存在"，本有（Ereignis）不可通过视觉性的"表象的－论证性的思维"获得，它"赋予我们人以一种泰然任之（Gelassenheit）于虚怀倾听的态度"（《在通向语言的途中》）。

的角度深入探讨过视觉和听觉文化的问题，并支持用听觉替代视觉。其中，韦尔施对视觉的分析尤为深入，他认为视觉不仅在诸感觉中是霸权，它本身在其内部也在诸多层面上呈现为一种霸权的形式[1]。不过，刘连杰看到，韦尔施的理论中也同时透露出了一种对听觉的担忧："听觉文化和视觉文化分享着同一个哲学存在论，它们之间是一体两面的关系……必然陷入尼采所谓的主奴辩证法之中……韦尔施曾担忧'正是当人们能够倾听的时候，是不是在对听觉的呼吁声中，也听到了与逆来顺受的一种致命联系？'他指出，视觉亲近具有征服性的认知和科学，而听觉则'亲近信仰和宗教'。这说明听觉文化乃是一个依顺者的形象……视觉文化发展到极端，韦尔施说：'观看的时候，我们是世界的主人'，那么，如果听觉文化发展到极端，我们是不是也可以说：'倾听的时候，我们是世界的奴隶'？"

朱朱觉察到了听觉的专制性。《岁暮读诗》中写到写作的生疏感："像假释的提琴手……仍然戴着镣铐，脑中已不存一张乐谱，/眼前只有典狱长的指挥棒在晃动"；《练习曲》描写了一次可怕的音乐欣赏的经历，小姑娘以为自己的梦想非常有意义，"却全然不知自己是打开了盒子的潘多拉"；在另一首诗《喇叭》中也出现了喇叭声与音乐的交换，在"喇叭声之间交叉扫射的死角""蜿蜒向天际的河流/如同空白的五线谱，等待着新的填写"。朱朱的听觉在音乐和喇叭声中辨认出了二者的同一性，这与韦尔施的玩笑不谋而合："海德格尔呼吁倾听存在，到后来险象环生地同号召聆听'领袖'紧靠在一起。"[2]

基于视觉与听觉对物体进行理解必然存在缺陷。生活在视觉与听觉统治下的世界中，朱朱的诗歌具备丰富的视觉与听觉形式，但在此之外朱朱的感觉形式还具有更加复杂而潜在的一面。这正是他最为可贵的一面：朱朱为汉语新诗打开了触觉的维度。

---

[1] 同上页。文中，刘连杰概述了韦尔施的《走向一种听觉文化？》一文中有关视觉和听觉的分析：他（韦尔施）认为，视觉倾向于核查、控制和把握，而听觉则倾向于专志并向事件的进程开放；视觉是客观化的感觉并将世界凝结为对象，而听觉则接纳世界、与世界结盟；视觉在观看世界时对肉体的感染最微小，是世界的主人，而听觉则承认世界，具有被动性特征；视觉是个性的感官，具有居高临下的优越感，而听觉则是社会的感官，它联系着我们的社会存在。

[2] 同上。

有趣的是，朱朱的触觉不仅在视觉与听觉之外，还在视听觉之中存在。在诗集《皮箱》和《故事》中，听觉不再仅仅是对声音的辨认，而是对物的理解。更重要的是，听觉开始引发另外一种感觉——触觉："它的声音不是往常 / 那慑人的低吼，而是在寻找 / 能够溶解自己痛苦的水源"。注意，这里的"水源"尽管会引发读者的视觉想象，但在文本事实中并非一种图像。"寻找"的步履、它的同义词"寻觅""探索"，都是触觉性的，在"水源"中沐浴和浸泡，也是触觉性的。同样的，《蝉》中，"有时它或者，几乎是冲着我一个人叫喊……当它想凭借一个固执的音汇成洪流，将我吞噬、卷走，我就远避"，这里对声音的描述完全是一种对实在的描述，而"吞噬""卷走"也都是触觉性的；《先驱》中，"当你的指控不过是喃喃自语，伴随着 / 空旷的楼道中某处水管的滴答声"，通过声音的相像将人生际遇同滴水的微弱联系在一起，水滴的迸溅同样具备触觉性质；《隐形人》中，朱朱形容张枣"入睡后如同渣土车般吵醒着街道的 / 鼾声，它如同你说过的'坏韵'"，对他人的声音的听觉也成了对他者精神的理解，而对"韵"的体会所关注的其实并非声音，而是声带的振动——一种触觉。

至于朱朱诗歌的视觉性，姜涛对此已经有过精辟的判断。姜涛将朱朱称为"当代诗中的维米尔"，他注意到了朱朱诗歌鲜明的结构性的来源，及其同主体之间的密切关系，认为朱朱的诗歌写作是维米尔式的，他以内心的"光线"赋予艺术品以"深度和秩序"，而这种光线"并不是来自天堂，而是来自一种内在的笃定，来自天文学、透视技术、航海大发现所带来的主体自信"[1]，而更具意味的是，按照培根的说法，这些建立起主体的东西——知识，其实就是"力量"。朱朱本人的确对维米尔情有独钟，可以说维米尔之于朱朱，正如塞尚和罗丹之于里尔克。2017 年朱朱曾在北大的讲座中专门谈论维米尔，主题叫做"维米尔的背景和诗歌中的维米尔"，我们可以发现朱朱从维米尔的画中得到了许多启发，诸如荷兰静物画对日常事物的偏爱、维米尔对光线的运用等等，在朱朱的诗歌中都有大量的印证，而这些就构成了朱朱的"绘画般的视觉"。

但是，到了诗集《故事》时期，另一种性质的视觉大量出现了，视觉变得始终缠绕在一件物体上，从各处细节、各个侧面探视它，"绘画"的成了"雕塑"的。朱朱的诗中存在一些雕塑诗——整首诗都围绕着一件事物展开，并

[1] 姜涛：《当代诗中的维米尔》，《新诗丛刊》第 21 辑：《野长城》，2017 年 3 月。

且始终紧紧收束在这件事物之上。这样的写法如果出现在“事”上，就表现为一种叙事结构，《烙印》《皮箱》《青烟》，这类诗多集中在诗集《皮箱》中；而这样的写法出现在“物”上，才出现了真正意义上的雕塑感，比如《觅食的姿态》《故障》《寄北》《爬墙虎》，它们集中在诗集《故事》中。在诗集《故事》中朱朱对事物的理解抵达了高峰，他在每个细节上完美地呈现了事物原本的样子——它的普遍性，同时又在每个细节上开凿出自己的风格和理解。事实上，这种雕塑般的视觉已然不同于平面的视觉，它其实更类似触觉，它遵从的是触摸的模式，将原本是一瞬间的看改造为了历时性的事件，它每次只能触摸到一个巴掌大小的细节，在一次次的挪移后最终它才“把握”了那个事物的整全。雕塑与触觉本身是相关的，艺术理论家李格尔和温克尔曼都曾察觉到古希腊雕像的触觉特征，温克尔曼将这种视觉称为“凝视”，“……骨骼的绝妙构架，筋肉的来龙去脉……拱起的肌肉小丘……不显眼的凹地，它们不易为眼睛察觉，却很易于触摸”[1]。德勒兹在读李格尔“触觉性的近距离观看”时提出过“触觉般的视觉”，认为它“并不指眼睛与触觉的一种外在的关系，而是一种‘目光的可能性’，一种与视觉不同的视觉”。[2] 朱朱的这类诗中所被“看”到的东西，如《觅食的姿态》中的“轻柔”（对大地进行的一场轻柔、不懈的考古）、“亲吻”（它们传递食物的样子就像在亲吻）；《寄北》中的“皱缩”（它皱缩如婴儿，在梦中蜷伏）、“缠绕”（被吞噬、缠绕，来回翻滚于急流）；《爬墙虎》中的“柔软”（柔软的手掌 / 已经蜕变成虎爪和吸盘）、“覆盖”（覆盖，/ 层层叠叠，吞没整面墙），都具有明显的触觉特征。在其他作品中类似触觉的通感也多有出现，以《爬墙虎》和《寄北》为代表，雕塑般的视觉常常能够展现出绘画般的视觉所无法展现的力量感。

朱朱的诗中出现具有触觉性质的听觉和视觉不是偶然。朱朱的触觉是当代诗人中最为发达的，他的这一特质很少被论者注意到。皮肤和皮肤覆盖的身体是朱朱通向理解的重要媒介，《枯草上的盐》中已经大量出现了触觉：“我的每一个侧面 / 都在轻轻触摸”（《为一首长诗所作的晚祷》）、“谁敢承受你的抚摸呢”（《蚂蚁》）、“我走到人的唇与萨克斯相触的门”（《小镇的萨克斯》）、“多

[1] 刘连杰：《触觉文化还是听觉文化：也谈视觉文化之后》，《文艺理论研究》，2017 年第 3 期。

[2] 同上。

刺的骄阳啊，/ 蘸满紫色的毒汁 / 扫过我们的脸”（《秋日》）、“树影抽打他的脸”（《幻影》）、“她手中的海绵 / 像性爱之外更神奇的抚摸”（《海边的你》）……

到了《清河县》中，触觉开始复杂化。上一章中讨论的“压抑感”本身就是一种触觉想象。《清河县》充满了触觉：“雨点像敷在皮肤上的甘草化开”、“我是佛经里摸象的盲人”（《顽童》），“她的手经常伸到污点的另一面去擦它们”、“风的吹拂”（《洗窗》），“她走路时多么轻，/ 像出笼的蒸汽擦拭着自己”（《武都头》），“我要把它们一一地拭净”（《百宝箱》）。这一类触觉接续着《枯草上的盐》，并在此后的写作中得到了一定的延续。触觉在《皮箱》中出现了许多次：“将头靠在我的胸前”、“现在他把我的手指 / 放在了从皮箱里取出的 / 这根钓竿上；/ 纠正我的手型，/ 并且捏紧钓钩上的那截蚯蚓，/ 轻按我的手往下”、“我触碰这簧片”，正是通过父子之间接连不断地身体碰触，朱朱对父爱的理解和自己对父亲的爱的体会才会不断推进。此后还有“摸到那团内脏，/ 软得可以像棉絮一丝丝地抽去”（《路标》）、“我和一只门把手上的无数陌生人 / 握手”（《彩虹路上的旅馆》）等等，触摸总是那么直接地帮助朱朱理解着他所碰触的事物和自身的境况。此外，朱朱诗中的灯从来没有被“点亮”过，它总是被“捻亮”或者“捻暗”。我们可以发现，在碰触之中物体既不像在听觉中那样常常作为入侵者出现，也不像在视觉中那样总是任人摆布。触碰之中的物体具有了灵魂，也具有了力量，和主体的力量纠缠在一起的力量，两种力量谁都不能完全占领上风。

《清河县》中还存在一种较有意味的触觉。朱朱注意到了这一点：生命的开始正是表现为触觉和力量的形式，《清河县》中他写到“重经一个接生婆的手”。接生婆的手作为既具体又抽象的触摸，是生命最初的经验，因此触觉也成了主体实存的依据。此后朱朱也会在确认主体的意义上去使用这种触觉：“他终于开始触摸什么，/ 并且把我的手指和它们放在了一处”（《皮箱》）、“反倒带给水手将一生 / 稳稳地揣入怀中的感受”（《小城》）、“一个生命对自己的触摸”（《佛罗伦萨》）。

朱朱的诗中还存在一类更为特殊的触觉形式，它首先出现在《枯草上的盐》时期的《睡眠，我的小蜘蛛》一诗中：

需要学习裁剪和缝纫，

……
你是我为冬天缝制的外套，
但现在我就想穿上你

手与剪刀、手与针线、手与布匹以及剪刀针线和布匹各自之间都在碰触，因此“裁剪”和“缝纫”也是一种触觉。这首诗讲述的是结构在意识中的出现，睡眠中，他“走进一座建筑的深处”，看到“脚手架和视网膜”和静止的“钢”，这些都是结构的象征，那“为冬天缝制的外套”正是理想中的作品，而“坚硬”是结构为主体带来的品质。“裁剪和缝纫”作为一种触觉，成了写作行为的象征。同样的象征在《合葬》一诗中也出现了，这首诗所表达的就非常明显，主体、力量、针线、诗、意义被完美地组织起来：“在线团中……变成对一个酣畅的句子的追求，一个关于虚空的注脚。”

缝纫本身和触觉的关联也许不是那么明朗，但是只要看到缝纫中的一个特定环节，这种关联就变得天衣无缝了，那就是“丈量”。在《车灯》一诗中，朱朱构建了“行车—丈量—写作”的隐喻链，把缝纫这件工作中的丈量同触觉之间的联系展现了出来，触觉就像大地对轮胎的感知那样明确。在其他诗中也出现过这种丈量：“……澄清生命的原址——/ 以它为一种比例尺，重新丈量大陆 / 绘下新的世界地图”（《海岛》）。缝纫是朱朱创造的触觉艺术。朱朱对缝纫的喜爱大概来源于童年经验，就像他在《早晨》一诗中写的那样，缝纫是母亲的工作，它本身就带有母亲的温度和气味。一旦写作成了缝纫，就意味着它变得不容置疑。缝纫是童年那丰饶的家园的象征，是主体性最初的光辉，它引领朱朱“划出了黑暗”：

然后她坐在了缝纫机旁，将台板
抽开：一天的晨光向下洒落，
机头像睡醒的公鸡昂起了脖子，
……
她的双脚在踏板上有力地踩踏，
节拍越来越短，越来越欢快；
房子像一艘船划出了黑暗，伴随

我们郎朗的读书声，驶向敞亮的河心。

触觉是朱朱的意义所在。触觉意味着主体与物的连接，它的直接性是视觉与听觉无法比拟的。触觉的调用需要一定的力量，而力量的作用总是相互的，使用触觉的时候主体就总是可以感受到来自对面的力量，如此主体对物的理解在触觉中是一种天然的辩证形式。视觉和听觉背后的存在论是一种预成论的存在论，而触觉的存在论则是互动论的，触觉既不是立刻就能“看”到物的整体，也不是需要被动得等待物体的“声音”慢慢地完成传播，触觉性的主体是参与到物之中的，存在是在互动中“持续涌现”出来的；在柏拉图的《理想国》中就有太阳爱抚万物、万物向着太阳的隐喻，而获得“至善”就好比走出幽暗洞穴的囚徒触摸到了阳光。海德格尔也曾指出触觉的重要性：触觉的发生标志着两个“单子”世界互相敞开，互相邻近，一个“共在”的境界就在这接触的一刹那出现，整个“世界”就在这一刹那共现、共源、共本质和共同存在。[1] 正是在这些具体的触觉中，朱朱诗歌的抒情主体对物有了深刻的理解，主体的力量得以在物的层面——即朱朱诗歌的基本层面展开，并得到了物体自身力量的响应。

同此前所讨论过的两种力量相比，触觉的力量拥有另外一种性质。如果说聚焦结构和力量书写中的力量展现着它们“强烈”的一面，那么触觉的力量就展现着它“沉稳”的一面。触觉的力量并不能像聚焦结构那样扭转一个生命的航道，也不能像力量书写那样一锤定音地浇铸出主体。这种力量的沉稳在于它成为日常生活中每一点微小体会的基础，通过一点一滴的辨认和理解，世界成了“我的世界”，触觉就是对真实的“勘探”：

也许我应该更耐心地
辨识和收集起它们，

正像有人长年在野外
勘探，在灯光下

[1] 胡继华：《现象学的神学之维》，《中国现象学与哲学评论·第十三辑：现象学与神学》，2013 年。

核查和记录；
如此，在他的内心

最终将形成一座海洋，
虽然我不知道他是谁，

但每次从这里经过
就感觉到自己离他会更近。

触觉给了朱朱一种可信的自我教育，在其中他不仅理解了自身的力量，也理解了物体与他者的力量。当感觉接近触觉形式的时候，不论是触觉本身，或是“具有触觉性质的听觉”和“触觉般的视觉”，主体对事物的理解都会抵达单一的视觉或听觉所无法达到的程度，抵达一种独特的、带有交流性质的“真实”，并同时展现出物与主体双方的力量。如此，我们能够理解史蒂文斯所说的那句话是什么意思，张枣为什么将这句话从《徐缓篇》中单独挑出来，作为《最高虚构笔记》中文版序言的标题：“世界是一种力量，而不仅仅是存在”[1]。在对物体灵魂的触摸中，物体将不再是晦涩的现代世界里那些令人困惑的异己存在，而将成为主体的同伴，《伊利亚特》的神话在这里被颠倒了，力量不再使人变成物，反而使物成了人，作为同伴的物扩张着家园的边界。在朱朱的诗歌中，主体的力量不仅以聚焦形式、力量书写的形式在文本中展开为两条线索，还以“触摸”物体的形式展开为文本中分布最为广泛的肌理。力量促成着主体，构成主体本身，也精确地落实在主体每一次的认识和理解过程中。一切都拥有了重新整合为一种秩序的可能，力量就是这样将主体从虚无的危机和消耗的命运中拯救出来。

2018.12 上海

（选自《上海文化》2019 年第 11 期）

[1] 史蒂文斯:《最高虚构笔记》，陈东飚等译，上海：华东师范大学出版社，2008 年版，第 263 页。

当倪湛舸遭遇思辨实在论

/ 刘阳鹤

任何一位国内诗人的现行写作似乎都不大可能像倪湛舸一样，与晚近欧美思想界的“思辨实在论”（speculative realism）运动保持某种颇具对话意味的诗学互动。尽管这一断言看起来多少有些冒险，比如我还无法确定是否有其他用汉语写作的诗人对此运动同样有所呼应，但目前我们至少可以断定：倪湛舸是直接遭遇该运动并受其深刻影响的代表诗人，她在去年出版的诗集《雪是谁说的谎》中为我们提供了与此相关的文本例证：以“思辨实在论Ⅰ、Ⅱ”分别命名的第七、九辑，以及虽然出现在其他小辑中，但显然与思辨实在论有直接关联的诗作，如第六辑的 Beyond Correlationalism 和《偶性》。当然，这里所列举出来的文本并不完全，可能还会有更多作品可以被归类到这一命题之下，这主要取决于思辨实在论与倪湛舸诗学实践的更深层互动。因此，我们不应只停留在这些文本的表面现象去做初步的理论考察，而应深入倪湛舸的诗学进路中去展开更有针对性的讨论，尤其是她的写作与哲学之间的关系。

事实上，早在 2010 年出版的首部诗集《真空家乡》中，倪湛舸就已明显表现出哲学上的意趣和追求，《康德组诗》便是其中最突出的例证之一。从这一点出发，如果不考虑她在最初（且还在延续）的写作中对中国民间宗教（比如“罗教”）文化的诗学旨趣，转而聚焦于关于康德哲学的诗歌文本，那么时隔几年后，她被席卷进一场裹挟有告别康德意味的新兴思潮——由法国哲学家甘丹·梅亚苏、美国哲学家格拉汉姆·哈曼等人掀起的“思辨实在论”

运动——之中也就不足为奇了。基于此，一个颇为棘手的问题似乎已经摆在了我们面前，即倪湛舸近几年的诗学实践究竟与这场运动有多大的相关性，以及她在走向呼应思辨实在论的写作过程中究竟向我们揭示了什么？本文将尝试对这两个问题进行重点评估，以考察她所展示给我们的诗歌图景究竟有何独特之处，而我们借此又当如何看待西方新兴思想潮流所能带给汉语诗歌写作的启发，以及后者应当如何面对前者所带来的挑战。

超越相关主义，或告别康德

何为思辨实在论？这是一个范围极其宽泛的术语，并非三言两语就能直接讲清楚，因此本文暂不打算对此概念进行笼统介绍，而是想通过分析倪湛舸的相关诗作，以便深入其与思辨实在论的思想纠葛之中。不过，在这里，我们依然很有必要先来了解一下相关的历史背景：自 2007 年 4 月以来，思辨实在论运动至今已将近走过十二年历程，其运动内部一开始便有思想上的分歧，各主要成员的进路也存在着巨大差异，比如梅亚苏将自己的哲学命名为“思辨唯物论”（speculative materialism），而哈曼本人在 1999 年提出的“面向对象哲学”（OOP）积极与思辨实在论实现合流，并最终走向了由美国哲学家列维 · 布莱恩特于 2009 年重新命名的“面向对象本体论”(OOO) 运动，此外还包括美国生态哲学家蒂姆 · 莫顿后来的加入，考虑到其他代表人物与后面的行文所需关系不大，故不再列出。尽管参与该运动的哲学家们取径各异，但他们都抱持着一个最基本的思想原则，即对相关主义（correlationalism）的批判，以及对人类中心主义（anthropocentrism）的拒绝。众所周知，第一个术语出自于梅亚苏 2006 年出版的《有限性之后：论偶然性的必然性》一书，并由此引发了欧美思想界对康德认识论，以及对后康德（post-Kantian）哲学的批判性反思。在梅亚苏看来，自康德以降的现代哲学都与“相关性”（correlation）发生关联，他认为：

通过相关性，我们想要指的是这样一种观念，即我们能够进入的仅仅是思考与存在之间的相关性，而无法进入任何独立的一方。因此，接下来，只要是持守这种认为相关性具有无法被超越的特性的思想倾向，我们都将其称为相关主义。[1]

我们可以发现，梅亚苏关于相关主义的概念直接体现在了倪湛舸的Beyond Correlationalism一诗的题目中，但后者并没有把它收入“思辨实在论Ⅰ、Ⅱ”的任一小辑中。在这种情况下，我们不免会产生这样的疑问，为什么这首诗在倪湛舸的内容编排上出现了错位？在我看来，一个最具说服力的辩护理由或许是，倪湛舸在刻意回避一种合乎相关主义的内容设定，也就是说：她试图使这首颇具思辨实在论色彩的诗歌对象独立于“思辨实在论”这一思维框架，恰恰是想达到某种“超越相关主义”（Beyond Correlationalism）的诗学目的。事实上，我曾就内容编排向作者表达过相关疑惑，当时针对的是与该设定有直接相关的《偶性》（在梅亚苏那里，“偶性”也是一个关键概念，后文将会对此诗进行释读），她给出的回答是要为后面关于思辨实在论的写作埋线，与此同时也是要去呼应思辨实在论中关于人类中心主义的批判，故先对第六辑中关于“去人欲，存天理”这一命题做出新的诠释。至于作者是否能够接受我上述不同于她本人动机的说法，以及她关于超越相关主义的诗学目的是否能够达成，我们还需进入这首诗来做更为慎重的判断：

> 什么都不曾发生，什么都不再发生，这就是妄想和祈愿的分别，空白也有它的节奏吗，或者气味，或者光泽，也许空白本就不该有名字，我们所妄想或祈愿的只是与事物并无关联的词语，被困在里面，又像是在那里，海是燃烧的盐，耗尽力气搞砸一切的人背靠防风堤用酒瓶装雨，错得太多，我们不得不承担更多像巨人背负起自己所不能涉足的大陆。

“妄想”和“祈愿”都属于人的意识活动，倪湛舸一开始对两者所做出的区分，无疑均取消了主客之间的相关性，也就是说：当作为主体的人在进行妄想或祈愿时，作为客体的对象物并不会因为主体的意识活动而发生。紧接着，她围绕“空白”一词反诘它是否有“节奏”“气味”“光泽”，甚至对其命名本身赋予了一种或然的断定，这样的表述无疑是想突出体现出事物之间

[1] ［法］甘丹·梅亚苏《有限性之后》，吴燕译，郑州：河南大学出版社，2018 年3月，第 12–13 页。

的“非相关性”。于是，我们随后看到了她对妄想或祈愿追加的认识，我们的意识行为只是在“与事物并无关联的词语”打交道，我们因此被困在词语里面，这非常符合梅亚苏对法国哲学家弗朗西斯・伍尔夫的援引：“因此，意识与语言只有在它们被这个世界所包含时，才反过来将这个世界封闭于自身之中。我们身处于意识与语言之中，就如同置身于一个透明盒子之中。一切都在我们之外，而我们却逃遁无门。”[1] 据此来看，我们会发现一个有趣而凑巧的现象，即似乎倪湛舸笔下的“空白”与伍尔夫所谓的“透明盒子”有着非常相近的意味：我们置身于一个透明盒子，犹如在“空白”中妄想或祈愿，抑或我们妄想或祈愿的皆为“空白”。

结合伍尔夫的这些话，我们可以更好地理解倪湛舸在这首诗中所表现出来的语言意识，以及对语言与意识之间关系的诗性思考，这似乎意味着我们的意识是经由词语构成的语言世界而显现出来的，而并不是与实存直接照面。换言之，世界本身存在于意识与语言的外部，而我们对存在的体认是建立在将世界封闭于语言和意识之中而形成的。在这首诗的最后几句，倪湛舸试图为我们的存在困境寻找出路：既然我们无法摆脱与事物无涉的语言世界，我们就完全可以借助它实现我们的妄想或祈愿。毫无疑问，诗人是最擅长将存在诗学化的，对海的定义、对人处境的速写都是一种诗学化的处理，尽管“错得太多”，我们也避免不了再去承担更多的错，而最后的“巨人”比喻更是能给我们带来一种或许有些牵强、或许也有合理之处的解读思路：如果把“巨人”看作康德，我们是否可以认为他自己所“不能涉足的大陆”，其实隐含着大陆哲学所兴起的思辨实在论思潮是对康德的告别。如果从这个意义来看的话，我认为倪湛舸试图对相关主义的超越似乎在某种程度上达到了她的诗学目的。

基于上述分析，倪湛舸超越相关主义的诗学实践，是否也意味着她告别了康德呢？这就要从倪湛舸与康德的最初交会来谈起了，我们有必要先回到她早期的《康德组诗》来探个大概，该组诗显然是以极为肯定的语气在向我们宣示一种必然：一种“我现在什么都不怕”(《哲学的安慰》) 的必然，一种“没法改变我为自己立的法”(《灵魂不朽》) 的必然。在这必然的王国里，

[1]　[法]甘丹・梅亚苏《有限性之后》，吴燕译，郑州：河南大学出版社，2018年3月，第16页。

诗人似乎始终都无法摆脱那“什么都不曾改变”(《必然王国》)的沉闷现实，只好“像只泄了气的球”(《天使》)寄望于康德以求取哲学上的安慰：头顶星空，胸怀道德律。然而，这并不见得诗人的内心就是完全臣服于必然性的，我们从中也可以看到她会时不时地被一些“偶性”因素所干扰，尽管以下我所列举的因素并不全然符合亚里士多德的“偶性”[1]概念，比如同样出现在这些诗中的“偶遇善良”“也许我该说‘分解’”“必须离开你”“再也不等待”“偶尔，对她说……”等言语片段，无疑这些内嵌于必然王国里的只言片语，势必会把诗人带向“偶性”的一跃。至于这一跃究竟有何意味，我们则可依据一首题为“偶性”的诗来加以分析，虽然这首诗同样未收录在“思辨实在论 I、II”这两辑之中，但它足以将我们导向前述问题得以被提出的根基所在：

事故没有实质
抑或，事故多了就不再有实质
幻觉般的实质何尝不是我们的悲伤
雨林之上阳光推动生长仿佛裹挟万物的巨浪
但阳光转暗更不可抗拒
我们因疲惫而闭目、重云疾速累积
或是太阳耗尽了它的命数
我们之所以成为我们无非事故
你在鱼鳍闪光里的闪现和身为水底阴影的我
互为表里而表里之间并无实物

在这首诗中，倪湛舸赋予了诗歌以强有力的思辨色彩，她将主体“我”与客体“你”的关系问题放在了“偶性”这一命题上，正是偶发性的“事故”提供了这样一个外部使“我们”得以确立彼此的存在，也就是说：我们各自

[1] “在现存事物中，有些保持着常态而且是出于必然（不是强迫意义的必需；我们肯定某一事物，只是因为它不能成为其他事物），有些则并非必然，也非经常，却也随时可得而见其出现，这就是偶然属性的原理与原因。这些不是常在也非经常的，我们称之为偶然。”参见亚里士多德《形而上学》，吴寿彭译，北京：商务印书馆，1995 年，第 121 页。

是无法从我们内部来思考对方的。借助于对偶性的思考，倪湛舸在某种意义上的确告别了康德的必然王国，从而迈向了思辨实在论的偶然王国。在梅亚苏那里，我们能够了解到的是：必然的存在者是不可能的，存在者的偶然性是必然的[1]。以诗句为证，“你在鱼鳞闪光里的闪现”中的“你”只是一次偶然的现身，唯有当“你”现身时“我”才能被赋形，即“身为水底阴影”。换言之，对“我”来说，“你”不可能是必然的存在者，但“你”必然有存在的偶然性。有趣的地方在于，与该首诗末句的最初版本“彼此关联却不曾遇见”相对照，我们可以发现在诗人潜在的心理动机中，“我”与“你”的关联是没有事实性（facticity）的，因为“你”与“我”之间实际上“不曾遇见”；此外，我们还可以看出改定版本的语义色彩更具思辨性一些，而此前版本中“关联”一词所明显具有的相关主义痕迹，恰恰是思辨实在论所要批判的着力点。应当澄明的是，我并无意去揣测诗人是否是因为想规避这一点而做出了改动，此举在我看来只能算作是语义相平行意义上的一次偶然替换而已，何况梅亚苏其实也并没有否认关系的存在，而只是肯定它们事实性的存在。

通过对以上两首诗的粗浅分析，我们必须重新思考一个问题，即面对“相关主义”“偶性”这样的命题时，诗学究竟何所为？对于后者而言，我们必须回到一位伟大诗人的手指间，当马拉美将骰子完成历史性的一掷时，正是通过这一行为所带来的不确定性，他才得以维持了偶然性不至于被破坏，亦即保障了可能性的存在。在巴迪欧看来，“马拉美的诗通常关注发生偶发性事件的地方，在事后留下的痕迹中，事件得到了解释”[2]。这句话是否意味着：从巴迪欧的事件理论出发，我们能为诗学找到它的归属，然而作为柏拉图主义者的巴迪欧似乎并不寄望于将存在诗学化，而是要在数学本体论中去寻求存在的根基。关于相关主义与诗学的关系，我们需要从直接受巴迪欧影响的梅亚苏那里寻找解释，他在《有限性之后》中零星谈论诗学的地方并没有给予其任何肯定性的言论，梅亚苏把诗学和宗教放在一起来进行讨论，认为相关主义本身并不对两者持有任何非合理的立场，它通过理性赋予了诗学和宗

---

[1] ［法］甘丹·梅亚苏《有限性之后》，吴燕译，郑州：河南大学出版社，2018年3月，第132页。

[2] ［法］阿兰·巴迪欧《存在与事件》，蓝江译，南京：南京大学出版社，2018年4月，第238页。

教信仰以合理性，从而为它们留下了空间，然而就像梅亚苏所认为的那样，它们的确无法自我合理化。

“思辨转向”中的倪湛舸

事实上，思辨实在论运动的兴起，已经波及了小说与诗歌领域，这在美国诗人、学者布莱恩·斯蒂芬那里被指认为一种“思辨转向”（speculative turn），通过评点21世纪以来若干带有实验性写作的小说、诗歌，以及通常被称为“概念写作”（conceptual writing）的极端案例，他为我们笼统剖示出了以下几个特点：使用数字、封闭的词组，以及句法结构和叙事结构的高度递归[1]。在斯蒂芬看来，这是后现代主义“语言转向”的逻辑进展，他们以此来检验“文学”的边界……不过，凭借着对这些作品的阅读经验，作者直言我们能够从中获得思辨实在论的观点，即宇宙并非是以必然性为特征的。然而，他也紧接着承认了小说与诗歌创作中所谓的“思辨”转向，其真正的新颖性仍是有待商榷的。尽管我们在倪湛舸的诗歌中不难发现其在概念层面上的着力写作，但这与新世纪以来在美国兴起的、以诗人肯尼斯·戈德史密斯为代表的“概念写作”（或概念诗学）似乎有所不同，因此我们不能简单地将她涉及诸多概念的诗归类在“概念写作”的名义之下，或者说倪湛舸只是在概念写作的其中一个向度中进行了探索，即以诗性的书写手段来回应一些业已概念化的思想命题。从倪湛舸本人的出发点来讲，她更倾向于通过重新编排并整合诸多在主旨上相类同的文本来体现某种“概念化”的手段，也就是说：倪湛舸真正的书写过程并不是概念先行的，所谓的“概念化”更多是体现在对各类已成型文本进行编排的再创作过程之中，但我们也不能忽视这些文本在书写过程或内容编排之前，实际上就已暗含着它们各自所涉及概念的相关意图。否则像这样的“概念化”就会冒极大风险，因此在书写前后对概念先行或后置的微妙处理必然是共同奏效的。

无论我们目前如何看待所谓的“思辨转向”，在某种程度上，诗学与思

[1] Brian Kim Stefans ‘Terrible Engines: A Speculative Turn in Recent Poetry and Fiction’, Comparative Literature Studies , Vol. 51, No. 1, Special Issue: Poetry Games (2014), pp. 159-183.

辨实在论的合流似乎已经成了一个不争的事实，那么为了更加集中地思考倪湛舸的诗学实践与思辨实在论之间的内在关系，而不仅仅只停留在相关主义和偶性的问题上来回兜转，我们将着重对以“思辨实在论”命名的第七辑和第九辑进行观察，当然也会兼顾到两辑之外有着密切相关性的诗作。在这两辑诗，或是两辑之外的一些诗中，倪湛舸非常隐秘地塑造了一个诗学与思辨实在论相互磨合的语言空间，她似乎想凭借颇具思辨色彩的诗性意识来思考主体与世界的存在状态，这个主体已经是非人类意义上的主体了，而世界的存在形态也已变成了另外一番模样。事实上，这应当归功于蒂姆 · 莫顿对倪湛舸的思想启发，前者是面向对象本体论运动（一般被视为“思辨实在论”运动的分支）的重要参与者，其生态思想为面向对象本体论引入了全新的学科视野，或许其中出现的两个重要概念对我们理解倪湛舸的诗来说会大有助益：第一个概念是“hyperobjects”，可译为“超级物体”，或简译为“超物”。该术语出自莫顿 2010 年出版的《生态思想》（The Ecological Thought）一书的结尾部分，三年之后他又出版了以此为名的专著《超物：世界终结之后的哲学与生态学》，并将“超物”定义为“相对于人类在时间和空间中大量分布的事物”[1]，比如全球变暖、辐射、经济力量、生物圈等，它们是由现代性所建立起来的诸种实体。第二个概念是“subscendence”，可译为“次越”[2]，该术语出自莫顿 2016 年出版的专著《黑暗生态学：为了一种未来共存的逻辑》，他认为“由于只有一个整体和多个部分，并且在某种形而上学的意义上，没有一个物体比另一个物体更真实或更重要，那么整体就必须小于其部分的总

[1] Timthoy Morton, Hyperobjects: Philosophy and Ecology after the End of the World ,University Of Minnesota Press (2013). p.1。

[2] Subscendence 译为“次越”的理由有二：1. 前缀“sub-”，意为“在底下、在下面”，与 transcendence（超越）中的“trans-”相对，后者意为“超、越、穿”，“sub-”一般情况下被译作“次”，表示低一级的，处于次等顺序的。2. 在汉语词汇中，尚无“次越”，但有“越次”一词，后者意为越级、破格，而成语“越次超伦”有超越原来的等级次序之意，也就是从低一级的到高一级的。相对而言，“次越”表示的就是从高一级的到低一级的，该词调换了原词中两个字的位置，也有调转原词义所示次序的意味，再者也非常符合英语单词 Subscendence 在前缀“sub-”和词根“scend”上的意义对位。故作此译。

和，尽管我们可能认为这是自相矛盾的”[1]。在这个意义上的“整体”概念，被莫顿定义为“次越”，他在 2017 年出版的《人类：团结非人类》中就此概念进行了更为集中的专章解读，认为“人类是一种次越整体……次越是超越（transcendence）的半一姐妹（同父异母或同母异父的），它与诸物及其显现之间的空缺（gaps）有关，这些空缺在实体的时空中无法被指出”[2]。结合以上两个概念来讲，“超物”在莫顿看来也是“次越”的，它可以被我们思考或计算，但无法被我们直接看到，所谓“空缺”就是这样的情形所招致的。

从对这两个概念的简单理解出发，我们大致上就算是有了进一步讨论倪湛舸诗学的理论前提，无论是如她所言要在第六辑“去人欲，存天理”中让所谓的“超物”涌现，抑或是通过将人类主体降维为与非人类存在共存的“次越”整体，倪湛舸依靠观念上的诗性思辨拉平了自身作为人类主体中的一员，与非人类客体之间原本存有的主奴关系，甚至在某种意义上她宁愿去除自身作为人类所具有的主体意识，而选择以非人类的主体形象在诗行中自我现身。由此而言，对于倪湛舸的阅读不应该还停留在主体与客体的主奴关系模式下进行理解，而应当是在交互的关系模式中看待主体如何受到了客体的客观性影响，这里的“客体”尤指渗透于人类主体，并在各个领域中施加影响的诸种“超物”，这些领域主要包括心理上的、社会上的、审美上的，以及政治上的等等。在莫顿看来，“超物”已经对人类的社会和心理空间产生了重大影响，且正在改变着人类的艺术和（审美之维的）经验[3]，无疑倪湛舸的诗学实践所直面的正是莫顿所命名的“超物时代”（The Time of Hyperobjects）。在超物时代，作为与非人类主体互相协作的“次越”整体，人类主体已不再是康德意义上的宇宙中心，因为某种去人类中心主义的生态意识已经逐渐取代了以往人类对自然的支配意识，莫顿将日常生活中是否意识到全球变暖问题，视为衡量一个人是否被卷入超物时代的第一个依据。此外，我们还可以

[1] Timthoy Morton, Dark Ecology: For a Logic of Future Coexistence , Columbia University Press (2016).p.114

[2] Timthoy Morton, Humankind_ Solidarity with Nonhuman People,Verso(2017), p.109/124.

[3] Timthoy Morton, Hyperobjects: Philosophy and Ecology after the End of the World ,University Of Minnesota Press (2013). p.2

通过倪湛舸诗歌的书写内容，及其在写作媒介上的选用，更为具体地认识到“超物”在她的诗学实践中究竟扮演着怎样的角色。

依照莫顿对“超物”的定义，我们从倪湛舸诗歌的书写内容中，可以直接抽取出来的“超物”有：行星、星尘、恒星、星群、资本主义所有运转机器的总和（车、地铁、家用电器、钟表、大海轮、电力设备）、直接由人类制造的持久产品（塑料、玻璃），以及微粒、Invisible Black Matter（看不见的黑物质）、外太空、岩层、沼泽、信号等等，凡此种种可被视为超物的对象或集中或分散地被嵌入倪湛舸的诗行，至少这向我们透露出她的书写有着积极介入面向对象本体论的理论自觉，未接触该理论之前的书写自然应该被看作是理论上的不自觉状态。在面向对象本体论的意义上，莫顿将我们引向了一种独特的实在论和非人类中心论（nonanthropocentric）思想，超物的实在性并不取决于人们是否思维它，而作为“次越”整体的人类在降维之后势必要寻找与非人类共存的协作方式，莫顿认为艺术恰恰为我们提供了这样一种方式。如果不着眼于倪湛舸诗中所体现的内容，仅仅只是从书写形式上来看，我们即可察觉到这些诗在篇幅、体式上大致是类似的，可以说这种局面是诗人依托于新媒体写作（新浪微博）而形成的。因此，我们不难发现诗歌的写作在数码科技力量的助推下迎来了崭新的空间，新兴的写作媒介正在极大地改变诗人对语言的调用手段，篇幅与体式上相类同的设定都是在某种受限的媒介条件下完成的，比如大多数诗歌的字数基本上维持在 140 字以内，在微博后来取消该限制的情况下也有略超出 140 字的，倪湛舸在接受《花城》杂志今年第 1 期的访谈[1]时谈到了这一点，与此相仿的操作还有美国诗人法迪 · 尤达的诗集《Textu》(2013)。毫无疑问，数码科技力量同样适用于莫顿的超物概念，我们的确已经无法摆脱它对我们生活方式的改造，尤其对于一个置身其中的诗人而言，它更是从根本上重新塑造了其不同于以往的写作习惯，甚或思维方式。

以上四个段落更多是在理论层面上展开论述的，略显宽泛。基于此，我们主要就分别取自两辑之内及之外的以下两首诗进行评析，它们各自在所涉主题或概念层面上均有较强的涵盖性。在前文的论述中，如我一直所提示的，

[1] 参见《倪湛舸访谈：“新媒体肯定是个搅局的新力量”》，《花城》2019 年第 1 期，第 165-166 页。

倪湛舸的诗学思考对于思辨实在论的呼应，并不仅仅局限于已被明确命名了的两辑诗中，更多与之相关的作品仍有待我们在其他小辑中予以释读。在第四辑中，《人类纪》为我们提供了这样的释读空间，因为我们从中不但可以看到超物的出现，还可以发现人与非人所共同面临的境遇：

悲伤消耗太多体力
必须坚持静止才能对抗世界
若无从行进，则逆风伫立并吞咽断齿
无法上升，那就在漩涡边缘安眠
悲伤溶解时光和空旷
消耗太多体力的人向镜子那面的非人流淌
人与非人共同的流泪太过轻易
被世界的运动所牵引
冰川正位移，恒星正崩塌
想象出自己的想象忽然被自己的不存在所刺痛

“冰川”和“恒星”即为莫顿意义上的超物，这是由于“冰川正位移”会促使我们想到诗人对全球变暖问题有所意识，而“恒星正崩塌”的现象只能通过计算机 3D 建模来实现，它们在一般情况下并不为我们所见，只是作为“人类想象力的臆造物（figments）”[1] 存在于诗人的字里行间，但这并不意味着它们不是实在的（real）。在主旨表达上，“人类纪”作为人与非人共同面临的全新地质时期，是与人类社会自蒸汽时代以来的现代化进程相伴生的，如今它正越发激烈地反作用（常常是破坏性的、毁灭性的）于人类社会，而人与非人之间对立的镜像关系在此情形下形成了合流，与此对应的诗行为：“消耗太多体力的人向镜子那面的非人流淌”。在这首诗中，倪湛舸所注目的是与人类纪时代的当前世界相抗衡的体力消耗者，一开始我们的疑惑可能在于：究竟是什么样的“悲伤”在消耗人的体力，或许我们从最后一行的描述中能获得某种答案。更明确地来说，在倪湛舸的思考中，人类纪的“悲伤”

[1] Timthoy Morton, Hyperobjects: Philosophy and Ecology after the End of the World ,University Of Minnesota Press (2013). p.2.

似乎是一个关于想象的问题，人在“想象自己的想象”中“忽然被自己的不存在所刺痛”。由此，我们是否可以认为：这是人类原先的想象力在面对超物时，因误认自己在场而实则缺席所产生的一种“悲伤”。因而，我们必须重塑我们的想象力——也许会是生态学意义上的——以相称于人类纪带来的挑战，这就需要我们改变自身与万物之间原先的旧有关系，积极寻求一条或可共存的出路。紧接着，我们来看一看下面这首诗《万物无所遁形，人却一无所知》：

> 如果我起飞，能望见太阳和现实之间飘浮着，精密得令人悚然的光幕，浮雕般呼之欲出，却辨认不出任何已知的形体，只有振翅高飞的我曾匆匆瞥见。我畏惧着什么，伤心者的退缩或是为万物扎根而敞开现实的意志？更高处还有森林和岛屿而太阳却总蒙着脸，世界仍旧被照耀并且没有秘密可言，只有这悬空的启示来迎接我，隔断臆想中的出路。

首先，我们看到的是关于“我”的一种假设，只有当“我起飞”并借助“振翅高飞”而成为超越的主体时，“我”才能建立与世界之间相对仓促（“匆匆瞥见”）的联系，故而“我”所能瞥见的只是世界的有限方面，即所谓“已知的形体”。在这里，当作为超越主体的“我”自我质询何所畏时——也可被当作是一种心理上的自我暗示——即使我们尚不明确“伤心者”在此处代指何人（是否可以视为上首诗中那个“悲伤”的主体呢？），但他的退缩却仍能使我们注意到一种可能存在的意志：“为万物扎根而敞开现实”。在向更高的维度飞升时，“我”继续遭遇着继“光幕”之后的更多超物，森林、岛屿，以及蒙脸的（可理解为“被云遮住的”）太阳均为诗人想象力的臆造物，因为前两者本该出现在大地上而非空中，第三者在臆想中虽是人格化的形象，然而在现实的参照中它依然是庞然大物。世界并不会因为太阳被云遮住而不被“照耀”，正是由于“照耀”才使得世界上的“万物无所遁形”，但诗人却早已揭示出对此“人却一无所知”。更进一步来讲，最后一句中“悬空的启示”应该指的就是前面说到的“意志”，这是否意味着只有我们敞开现实时才能认识到，世界的出路并非“臆想”所能通达？

结语

在倪湛舸的诗歌世界里，我们不再能触及一个真正的人及其所处世界的现实性了，或者说我们的确已经无法再从现实生活中人的经验出发来确立其诗歌的根基了。从根本上讲，倪湛舸更像是一个自寻出路的语言逃逸者，长久内耗的学术日常迫使她不得不在生活的间隙中出逃，进而寻租于一个追求再生性语言的审美乌托邦，实际上学术生产也恰恰为这样一种语言再生的可能性提供了知识上的准备。因而，知识性的写作向度必然会是我们阅读倪湛舸时的第一聚焦点，她非常乐于用诗歌的眼光来打量不断更新的知识空间，我们在不能介入这些知识空间的情况下难免会有被“打懵的感觉”（胡续冬语）。可见，除了一般意义上的陌生化语言外，倪湛舸的诗歌图景还向我们展示了一种知识上的陌生化，与以往有别的知识形态势必会将我们导向不一样的思维领域，我们有必要改变原有的思维方式去接受由诸种新概念所生成的语言世界，同时仍需注意到那些被重新阐发的旧概念也参与了这一过程，故此我认为：诗歌应当及时介入其中，更应积极创造属于自己的新语言。

综上所述，本文仅就倪湛舸与思辨实在论的遭遇进行了局部分析，从相关主义、偶性，到与康德之间的瓜葛，再到思辨转向、概念写作，以及超物、次越，这些新兴的思想命题大致为我们勾勒出了倪湛舸的诗学实践，是如何在这场遭遇中得以展开的。对于当代汉语诗歌来说，新知识空间的拓展可能性应该成为体现其当代性的重点所在，而不能总是在旧知识空间的语言边界上兜兜转转，后者似乎很难在诗学观念上有一个新的跃升。可是，问题还在于：诗人如何在新知识空间带来的观念转变中真正刷新自己的生命体验，以及人们如何通过其作品就能更好地体认这种新生命体验所带来的切身感受？无疑，在与思辨实在论的遭遇中，主要受惠于莫顿的倪湛舸，已经给我们提供了这样一种新的可能，我们在她的诗歌世界中会不断遭遇巨大的对象世界、人与非人之间的协作，以及诸多“与生命互为装饰的幻象”（《星孩》）等等，其中幻象化的表达也是倪湛舸诗学所着力表现的重要维度，而我们所能切身体会的也许就是：去感受一个诗人的“现实主义魔幻”（Realist

Magic ），而我们务必得先找到她的语言迷宫的知识入口，舍此其实也并无大碍。

（选自《上海文化》2019年第11期）

赤壁诗辑

羊楼洞古镇

谷禾

我来此时，猛烈的阳光
离开了一会儿
从雨伞下，望不见羊楼、深洞、走过的
马队和茶商。古街巷
破落而逼仄，时光在汪水的青石板上荡漾
低矮的屋檐下，灯笼蒙了厚尘
阿公从斑驳木门后迎出来，邀我坐下
自己去厨下给我烧水
从外边回来的阿婆，负重的身体
保持着几乎与地面平行的弧度
她脚下的老车辙，一直通向遥远的彼得堡
在巷口榕树下，一只母鸡
在引一群鸡雏觅食。从山上流下的浑浊溪水
已不能洗衣淘米
对面新寺内梵音袅袅，仿佛
在引我入门——挨过了天命之年
我心向善，但对成佛的传奇已提不起丝毫兴趣

赤壁

赵野

一

此刻，群鸟翻飞只为一个词
高音婉转，撩起千年幽思

黄昏深几许，吐纳白昼灰烬
成反转的象，御另一种法度

彼时月朗星稀，乌鹊无枝可依
一场火烧沸十二月的江水

我看到众生听不见的哭声
心物老矣，举头三尺有神明

二

他衣袖飘飘，乘波涛翩翩而来
烟云屏息敛气，等待花开

王朝建立又坍塌，这小传统
让长江夜夜淌最强万古愁

时间已湮灭一切，留一份空
打磨虚无，或深情的金刚杵

天上没胜负，都是渔樵闲话
人世的模仿者也要借东风

赤壁随想

田华

昨天，一个安徽人告诉我
1800 年前，有两个安徽人
在这个不属于安徽的地界
打了一仗
影响了中国的历史

后来有人说

这场战争的起因是
一个曹姓安徽人看上了
周姓安徽人的女人……
其实，这块土地
历史可以演义
生命任意杀戮

今天，我只想
在这个飘着小雨的上午
煮一壶羊楼洞的老茶
在郑店的青石老街
与杂货店老板讨价还价
买把能剔骨削肉的快刀
和你们一道，就着
刚出锅的土猪肉
喝上一斤没有英雄的
青梅酒

徒手攀上金紫山顶

程向阳

小路无意登顶
刚到山腰，便掉头向下
径直奔向山下的村落
我们只好徒手攀爬
只要能到达了山巅
每一个人都是壮丽的风景

幸好，竹杖在山石中扎根
崖上的女贞不时伸出援手
碎石的队形摆出庭院的模样

巨石凸向深渊
一定想找到深潭里的倒影

在没有路的旅途
手比眼睛更容易找到路
无意间，我们还触摸到了一座山的匠心

烈火、月光和风的絮语

成君忆

故乡是一本诗集，
用烈火唱作，也用烈火书写。
那里的每一个人和每一棵树
都充满了烈火，并因此
绽放出了满地的春花。
那里的每一个人都是女人。
因为她们拥有温暖的腹部，
能够孕育出绝美的诗章。

她们使用入声字，
充满了古典美。
她们是一群会唱歌的花树，
在凋零和绽放之间永生。
那里的每一个清晨
都有着芬芳的身体，
向我张开了透明的怀抱。
我曾经在幕阜山脉行走，
以一棵小树的脚步。

我曾经把乌云看作我的厄运；
但事实上，它也是一位了不起的诗人。

在下雨的日子里，
我被它一个字一个字地打得头疼。
月光也常常以雨水的形式降落
装满了宁静的陆水湖。
我也常常在那里，
与李白的小船不期而遇。

我爱陆水河两岸的庄稼。
它们成长为炊烟，
被岁月的镰刀收割。
我也爱河边的杨柳，
那是一本永远也看不完的历史书。
风，一直在翻动它。

我亲眼看到过风的嘴唇，
亲眼看到它亲吻过一个女孩的长发。
但事实上，那就是我的嘴唇。

知道吗？我比李白年长。
他已经死了，而我还活着。
陆水河与长江的存在不是偶然的。
它们是命运的象征；而我
是里面顺流而下的漂浮物。

我是一颗种子，
在远方生长出故乡的模样。
无数个夜晚过去了，
没有人能够听懂我的沉默。
事实上，那是我对故乡的喃喃自语。

佑香茶业随想

龙鸣

你额上有丘陵，两颊有茶园
我从赵李桥赶来
执着地看着你的眼睛
红肿，黑眼圈——像两杯滚烫的红茶
你没有找到可以
喘息的理由。我的怜惜
融入昨晚的春风
多么简单啊，仅仅长出两片纤细的
嫩叶

恰克图，归化，杀虎口……
那里有你品尝不尽的风沙
那里牛羊成群
那里，刚刚走过马队
无法想象，一个弱女子，一杯青茶
一条砖茶流水线，沟通一条茶道
名叫魏佑香的鄂南女子
她的茶叶专列，一路奔驰在茶马古道上

一条为我们生长的路

马景良

那条温馨的路
在那个特殊的日子里长成
路上留有我俩
歪歪斜斜的脚印
还有我们手牵手的倩影
路旁静立的树啊

都是我们的见证人
多么幸福啊！
那一刻，全是美好的光阴
只可惜
路太短
一下就走到了尽头
以至于我恨
恨那条路为什么不能
再往前延伸
哪怕一点点也行

我会千万次去行走
去重拾一辈子
也忘不掉的温馨

摩崖石刻

曼陀林

摩崖石刻缘于一场大火的涅槃
英雄一手提酒　一手持剑
酒至酣处
峭崖边　狂舞

“赤壁”二字喷薄而出
天边有火烧云的红　血光的红　剑光的红
层次不同地　倾泻
迅速渗透
那些笔画　盘根交错　粗细有别
每个枝节的力道都有惊人的相似
去向统一

青砖茶

欧阳明

每一片叶都很轻
轻得可以停下一只蝴蝶和春天的翅膀
每一片青砖都很重
重得可以承载中国赤壁
一个叫羊楼洞古镇的山水
每一块都很沧桑
万里茶道从这里出发
每支马帮，每道车辙，每声铃铛，每一句不同的语言
曾一次次唤醒早晨，摇醒夕阳
留下青砖茶一样多
青砖茶一样古老的传奇

无论冲泡还是煎煮
岁月，在沸腾中慢慢散开
那浓浓的茶香
一缕缕都有日月
一杯杯都是乾坤
一片片都在为你讲述
数百年来那些关于青砖茶
一代人和一片叶
如何以茶兴商的历史

世界很远
天之涯，地之角
世界很近
近得只有一块青砖茶的距离

东风龙

陶发美

从《三国志》里
蹿出来一条龙，叫东风龙
它不接受任何人的安抚
一溜烟去了长江南岸

故地重游
难以记起：盔甲的风采
曾是血染的风采

涛声依旧
人声鼎沸

这旅游点上的建设
已不再有战争的蓝本

好像一位陌生的游客
它看过了武侯宫、庞统庙、周瑜像
看过了陈旧的石刻、萎靡的旗幡
哪些是可亲的，哪些是可恨的
他们是哪个阶级的
都分不清了

“三国”志士们的国籍
已一概作废

绕着“东风阁”转悠了三圈
终于，有了家国情怀

残破的《三国志》

美好的河山
扉页上，怪石乱种，苍松傲然

它来到长江的涛声中
突然看到，自己早年的英姿
竟是三千书页里
一幅很抢眼的图案

也看石板街辙痕

徐泰屏

那些如槽如沟的一道道辙痕
有的深有的浅。在青石板上捭阖纵横的模样
极像爷爷那张胡子拉碴的皱褶之脸
就会在岁月的风影里，听到一声声
吱吱嘎嘎的鸡公车鸣叫
亦近，亦远

石板街，鸡公车
以及堆码在鸡公车上的一块块青砖茶
都是一些轻和重的古老故事
用一片片薄如蝉翼的叶片，在青石板上
书写一个鄂南小镇的千年传奇
每一横每一竖，都是一块石头的柔软
都是一树树茶叶的堆积与坚硬

初冬

余成强

在冬天的第一场雨来临之前

天空阴沉。温暖尚在人间
一阵风过，三角枫叶簌簌飘落
能被光阴轻易抛弃的
都是身外之物。从树下走过
正好可以接住一片、两片
但接住又有什么用呢
它即将和我们一样归于尘土
就像你写过的一两首小诗
在初冬的笔记本里泛黄
已经过去的，就让它
在时光的枝头枯萎吧。你说
不远处，一株株矮小的木姜子
正打着密集的花苞
一颗颗松果，落在枯叶间
就像我们沉重的肉身
遗落在这个落叶纷飞的尘世
这一切，都在龙翔山
安静地发生，在春天来临之前

羊楼洞传奇

余玮

是一片叶。神奇的叶
也是一块砖。青褐的砖
从唐宋走来
从明清走出
群山环抱的小汉口
渥堆出岁月的味道

是一味药。特效的药
也是一碗汤。澄黄的汤

清泉与“黑玫瑰”相遇
独轮车与边塞的牧民相约
或肥或瘦的时光里
泡出线装的闲事

是一朵花。异香的花
也是一条路。金灿的路。
浩浩荡荡的驼铃为证
“黑玫瑰”红了
串起悠远的历史与未来

翻开赤壁的爱

竹外疏花

从千里之外的杭州
奔赴千年前苏子的黄州
为一场
诗与远方的盛席华筵

二赋堂载着秋江的白月光
和吾生有涯的宇宙沧桑

睡仙亭就是一张诗床
诗水自赤壁东流而下
绵绵不休

身耕桑乐的雪堂
时而暗香疏影
时而红梅怒放
怎叫人梦中了了醉中醒

随手翻开赤壁的爱
复思量　是难忘
柔肠情深好安放
回忆藏

季度观察

“你的诗温馨明亮如冰雪下的河流”

——2019 年冬季诗歌阅读札记

/ 霍俊明

“我想在一切终结的时候，能够像一个真正的诗人那样说：我们不是懦夫，我们做完了所有能做的。”

这是只活了 36 岁的阿根廷女诗人阿莱杭德娜・皮扎尼克所说的话，我相信，那个时候黑暗、孤独和忧郁症正紧迫地包裹着她，而她在短暂的一生中完成了一个诗人应该做的。这就是诗性正义，而无关乎物理性的生命的长短。

1

2019 年 11 月 29 日晚上，北京下起了第一场冬雪，我跑下楼，一个中年人在黑夜中近乎痴迷地拍着那些自天而降的雪白之物。甚至，我可能仍然是一个十几岁的北方乡下的孩子，他对寒冷以及大雪有着天然的接近。在雪夜中，我再一次想起了陈超先生。

多少次，陈超在阵雪飘飞、枝丫无声的冬夜静顿、沉潜下来，在记忆和现场的萦回中面对内心和想象力的折回与飞翔。他提前领受了另一种更为本真和高远的声音：“在落雪的时候，我独自走向田野。你的诗温馨明亮如冰雪下的河流。”如今石家庄下雪的机会已经很少了，但是多年前，陈超的很多重要著作和论文以及诗歌作品都是在下雪的时候得以完成的。正像陈超自己所说：“夜深人静。窗外飘起冬雪。这是天空中落下的唯一使人不必设防的东西。

我在写诗。一切喧嚣止息了,我得以坐下来面对自己。我发现自己心灵中残酷、阴沉的一面。有时，写作就是坐下来审判自己。”(《塑料骑士如是说》)诗人要在文字中安身立命，甚至在对话和磋商中重塑精神自我，“制造一个纸质的谈伴。令你迷醉,令你震悚。与之磋商,与之对话。彼此纠正,要言不烦”(陈超《新诗透视访谈录》)。是的，当无边的苍穹上洁白的雪花漫天飞舞的时候，大地是如此沉静。雪，打开了一个诗歌的世界和一个圣洁无比的天堂。在这里，雪涤荡着世间的黑暗与污浊。多少年过去了，北京轰响的泥泞中已经很少能见天地中茫茫的雪景了，但是每当冬天的朔风不可阻挡地敲打、拍击门窗的时候我就会想起陈超在大雪中写作的情形。诗歌,也犹如大雪,凌空而降，给人以猝然一击，或狂暴或温柔地攫住了高洁的灵魂。应该说是雪给了在尘世搅扰中的灵魂以理想主义的些许安慰，而遵循内心的写作肯定是困难重重的，因为它所承担的精神重量已经远远超出了个体的负荷。由雪，我想到了姜念光的一首诗《两地雪》:“雪与雪是不同的。 / 北京落雪一指 / 山东积雪盈尺。”自觉、自省而有良知的诗人一次次在冷彻中敞开心扉，省察自身。博尔赫斯曾一次次自问:“是什么命运的乖张，使我这么害怕一面照人的镜子?”由冬天，我们想到的更多的是隐藏和遮蔽，我在《奔流》上也发了一首与此有关的诗《冬天的刺猬》。是的，遮蔽和发现应该是同时进行的:

> 圆滚滚的肚皮 / 一身坚硬的毛刺 / 上面还扎满了红色的浆果 / 我在书上一次次看到它们 // 第一次见到刺猬的时候 / 是在冬天 / 北方的田野 / 那时雪还没有落下来 / 土灰色的身体 / 一动不动 / 它已经死了 // 那些毛刺密集 / 但看起来并不过于尖利 / 我想俯下身触摸它们 / 出于对尸体的恐惧 / 还是走开了 / 此后我总会在冬天 / 想起它 / 我更关心的 / 是那些毛刺到底是坚硬的 / 还是柔软的。

而就在几天前，也就是 11 月 23 日下午 3 点 45 分，流沙河在成都去世，享年八十八岁。当天下午就有一些媒体要采访我说说流沙河的事情，我当时就拒绝了。因为我们流行的是死后去谈论一个诗人或作家，而不是在他们在世的时候予以足够的关注。而我之所以拒绝了媒体的采访，最重要的原因是流沙河已经是一个进入了当代诗歌史的人物，无论是 1956 年时年 25 岁的他在由北京回成都的绿皮火车上所写下的《草木篇》，还是隔着海峡写给余光中的《就是那一只蟋蟀》以及结集出版的《台湾诗人十二家》《台湾中年诗人十二家》；无论是后来转向传统文化以及汉字的研究（比如《流沙河讲诗经》《诗经现场》《诗经点醒》《流沙河讲古诗十九首》《庄子现代版》《图说庄子》《庄子闹吹》《Y 先生语录》《流沙河认字》《文字侦探》《白鱼解字》《字看我一生》《正体字回家：细说简化字失据》）还是业余时间练习书法，这都足以证明一个真正的诗人绝对不是只写分行文字的人，而应是知识分子，即具有对社会空间以及精神生活双重层面的良知。2019 年夏天我和彭明榜在成都散花书院参加老诗人张新泉的新诗集分享会，在熙来攘往的大街上我一抬头就看到了那四个辨识度极高的大字——“散花书院”，无疑这是流沙河先生的手笔。由散花书院和散花楼我想到了李白的那首诗《登锦城散花楼》：“日照锦城头，朝光散花楼。金窗夹绣户，珠箔悬银钩。飞梯绿云中，极目散我忧。暮雨向三峡，春江绕双流。今来一登望，如上九天游。”由流沙河的诗、文、字和人，我想到了他在 2010 年 10 月抄录的一幅字，内容是：“与有肝胆人共事，从无字句处读书。”这也几乎是他一生的写照。

《北京文学》第 12 期推出了莫言的诗体小说《饺子歌》，通过男生和女生两个声部，极其夸张而天马行空地抒情和无厘头地议论，正如编者按所强调的“一向注重文本创新的诺贝尔文学奖得主、著名作家莫言，别出心裁最新创作出在当代文坛罕见的诗体小说。他以天马行空的奇思妙想和简约灵动的文字，为我们描绘出一幅幅亦虚亦实、妙趣横生又激烈残酷的现实图景。锋芒所指，清者自清，浊者自浊，欢迎品鉴。”这篇诗体小说开头的“引子”有这样几句诗，“一轮明月照校园，两个学生在正前。与我相距十米远，高声大嗓把话谈。”我们很容易认为这是名副其实的打油诗或早年的快板诗，当然诗歌的写法是多样的，尤其对于莫言这样的作家他完全可以无拘无束地写，而不用管《饺子歌》到底是一篇小说还是一首诗。

无论是谈论当下的诗歌还是整个的文学生态，我们都已经注意到媒介炸裂和科技革命以及人工智能所发挥的巨大作用。尤其是互联网社交平台、移动自媒体的沉浸式传播以及人工智能的深度参与使得创作心态、文学样态、生产方式、生产机制以及文学秩序、文体边界都发生巨大变化，“语言媒介和生产资料一样塑造社会发展进程”（马歇尔 · 麦克卢汉：《理解媒介——论人的延伸》)。尼尔·波兹曼则认为媒介的独特之处在在于他指导和影响着人们了解和认识事物的方式，却往往忽略了媒介对人们生活的介入。从机械复制时代到电子资本主义再到数字化拟像社会，这正印证了马克思曾经指出的“时代的区别，不在于生产什么，而在于怎样生产”。在媒体生产力和数字化生产力的时代情势催动下，在弱人工智能（ANI）向强人工智能（AGI）和超人工智能（ASI）的发展过程中，遭遇挑战的不只是文学观念、写作方式、文学生态以及文学生产效力和社会效应，我们每个人的生活方式、职业伦理（比如“知识劳工”所受到的来自人工智能机器的挑战）也随之发生变化。老诗人李瑛的《机器人》和喻言的《与机器人共进晚餐》对这一科技命题做出了诗学的回答和个人化的理解。质言之，文学生产的主体和文学消费群体都正在发生变化。那么，我们如何在多变的文学现场以及具体的文学批评实践中来思考文学新变对现实、文学批评提出的新的要求？无论是文学批评的方法还是紧跟时代巨变的批评风气和批评精神，我们思考的都是文学的本质问题与时代新变之间的特殊而复杂的关系。

2

在《草堂》的第 11 期我读到了刘立云的组诗《大地上万物皆有信使》,“我们是既渺小又伟大的物种：春天用万紫千红 / 给我们写信，报道这个世界阳光灿烂 / 晴天永远多于雨天；夏天 / 燃起一堆大火，告诉我们食物必须烧熟了再吃 / 或者放进瓦釜与铜鼎，烹熟了再吃 / 秋天五谷丰登，浆果像雨那样落在 / 地上，腐烂，散发出酒的甜味 / 冬天铺开一张巨大的白纸，让我们倾诉 / 和忏悔，给人类留下证词 / 而妹妹，这些都是神对我说的，它说大地上万物 / 皆有信使，就像早晨我去河边洗脸不慎 / 滑倒，木桥上薄薄的一层霜 / 告诉我河面就要结冰了,从此一个漫长的季节 / 将不再需要渡轮。甚至天空，甚至宇宙 / 比如我们头顶的月亮，你看见它高高在上 / 其实它愿终生匍匐在你脚下，做你的奴仆 / 即使你藏进深山，修身为尼 / 它也能找到你，敲响你身体里的钟声”。

在刘立云的创作谈《站在城乡接合部》中，我注意到了一个当下诗人比较具有代表性的观察角度和发声位置，尤其是在城市化的时代，诗歌的诗意或反诗意到底是从哪里生发出来的呢？诗人回应的仍是诗歌与现实的多声部的复杂关系："许多年前万众注目，呜哇呜哇的救护车呼啸来去的北京昌平小汤山，此刻我站在它一座河里长满芦苇的水泥桥上，目光恍惚又迷离：我们这座都城已经延伸几十公里，正用它宽阔且四通八达的水泥路和'纳帕溪谷''金科王府'这般名字傲慢的别墅和洋房群，吞食那些零零落落圪蹴在一旁的小村子。河是几年前整治过的，宽阔平坦，一马平川。但不浩荡，因为没有水。河的两岸有气派的水泥护墙、铁艺栏杆环绕的观景台和居高临下的电子眼。可惜一蓬蓬高大旺盛的草已卷土重来，河里懒洋洋流淌的污水发出一股难闻的气味。正是秋冬时节，透过渐渐散去的晨雾，我看见别墅区门口渐渐聚集着驾驶农用车前来受雇的村民。他们或三三两两蹲在地上抽烟，或缩手缩脚地挤在车斗里交谈，或泄愤般刮着瓦刀上的泥土，盼着住在别墅里的人早点把自己领进去。我的眼泪就在这个时候流了出来。那天我一整天闷闷不乐，什么都不想做，只把早晨走路时看到的和想到的写成几句诗，发在朋友圈：'城市蔓延到乡村，如同野火蔓延到森林 / 作为一种抵抗，它们用杂草掩埋铁 / 逼迫自行车往树上爬 / 当这条叫蔺沟河的小溪被改造成一道风景 / 芦苇、野荷和疯狂来去的麻雀 / 决不交出它们世袭的领地 / 而村民们多么无奈，他们因失去自己的土地 / 现在，正成为在自己的土地上扒活的人'。同一天，当我站在城乡接合部的那座水泥桥上，望着河那边的村子正深深陷入历史巨变的苍茫中，脑海里电光石火，突然感觉触到了时代的一个巨大隐喻。"读完这些近作以及创作谈，我想到了刘立云的一句诗："有如铁被磨亮之后，隐居在自己的光芒中"。深隐、磨砺，它们是词语和生活的双重见证。日常生活中的刘立云热情而谦恭、谨慎而沉着、冷静而审慎、隐忍而自尊，而刘立云的诗歌世界则开阔而细微，有时如庞大的鲸鱼浮出水面，有时如熔岩在一瞬间喷发，有时又幽微如暗夜中的一点烛火。更多的时候是火山口布满了灰尘，一切渐渐归于沉寂，犹如一块玻璃冷彻、缩紧，但是内在的张力和深隐的火焰却也适时迸发出来，"现在我是一块玻璃，安静，薄凉 / 保持四季的恒温""我是透明的，约等于虚无 / 空幻，哲学中的静止或不存在""当我破碎，当我四分五裂，你知道 / 我的每个角，每个断面 / 都是尖锐和锋利的，都能刺出血来"（《玻璃》）。甚至诗歌中的刘立云也是"深情"和"多情"的，这来自于一个写作者对周边之物的认知的眼光，这是词语的真与人性之真的相互磨砺，他也因此时而沉入时而旁逸，时而惆怅时而莫名。

他撷取事物的能力以及赋形能力都十分突出，一切都是通过幽微不察的细节得以揭示。是的，“大地上万物皆有信使”，它们是时间本身，我们得以反观自我并进一步探知未知的命运本身。万事万物有着强大的吸盘，“站在甲板上看大海，我发现我 / 随时有可能失控跳下去 / 回到船舱，不仅惊出一身冷汗”(《大海星辰》)。这实际上是一种永恒的时间和空间对个体命运的挑战，更多的时候包括诗人在内并不能做到里尔克所说的深度的、立体的、多层面、多侧面的“球形经验”，更多是对表层的可见之物的观摩，“我只是那里的过客：我承认 / 我剥开的仅仅是一头洋葱的 / 外衣，却怎么也看不见它的内脏”(《去年在耶路撒冷》)。由此，诗人的辨认、发现和命名就变得异常艰难。这不只是一个诗人的时间求真和感受方式，而且是一个诗人的基本写作法则。这些细节、意象或场景犹如暗夜中的一个个闪亮的针尖或芒刺，挑动日常生活的惯性，回应无形的时间秩序对个体的规训和影响。

在碎片化的时代写作越来越成为个体的行为，诗歌也越来越成为窄化的自我遣兴和自闭的修辞练习，诗人不再是大火中的淬炼者，不再是引领时代精神的灯塔和风向标。碎片化的时代，一个个诗人的面影正在被集体取消，这时最需要的正是总体性诗人。诗人主体精神的建构和诗歌话语谱系的达成有时候更容易在主题性的组诗和长诗中得到验证、累积和完成。刘立云写作长诗的能力在我看来是同时代诗人中非常突出而卓立的。无论是指向了远古时间隧道深处的历史玄思兴味的《天命玄鸟》《建安十八年》，还是近期的“战争三部曲”(《黄土岭》《金山岭》《上甘岭》)以及《在国王广场回望伊扎克·拉宾》都凸显了一个诗人的个人化的历史想象力和求真意志，是客观历史与感官历史、形象化和修辞化历史的深层对话。显然，长诗写作是对一个诗人写作能力甚至包括诗歌之外的日常感受力和思维方式的全面考察，很多诗人的缺陷也会在长诗写作时一览无遗。刘立云的这些长诗既面向了时间本体和历史命题，同时又打开了一个人的精神胸襟和语言气象。这是通过语言对时间、存在以及历史的承担，而诗人面对历史时又并没有沦为宏大历史叙事的传声装置，而是建立起诗人与历史、时间之间的深度对话机制和重新发现以及命名的关系，文化基因和生命构造同时显形于“历史之物”和“当代之物”。面对历史时间的时候诗人很容易被吸附进去，而只有诗人的眼光高于时间地平线的时候，“历史”的面貌和真相才可能最大化地展现出来，沉浮的历史以及生命体才能被打捞出来，犹如一头巨鲸将历史深处幽深的水重新喷向天空。也就是说诗人的职能是将时间碎片重新整合为历史景观，“任何人都不拥有这片风景。在地平线上有一种财产无人可以拥有，除非此人的眼睛可以使所有这些部分整合成一体，这个人就是诗人”（爱默生）。而我们看到的事实则是很多诗人成了这个时代行色匆匆、急于表达的与时俱进的表层化现实的跟进者和仿写者，在他们这里历史和现实同时被搁置了，遁形于无的不可见力量就更不用谈论了。刘立云的“战争”长诗的写作验证了真正的诗人尽可能地展示精神自我、现实境遇和历史构造之间的空洞和缝隙，得以让后来者躬身自省于时间和内心的渊薮，而非表面化地复述历史或胡言乱语的推倒重来的戏说。在刘立云这里时间和空间在个体主体性的熔铸中得以对接和互换，观察和讲述的重心以及角度多样，甚至彼此之间是可以交互、换位的。极其可贵的是关于历史和战争的重新介入和抒写在刘立云这里不再是以往的黑白是非的二元论，而是呈现为更深层次的关于时间、正义、家国、命运和人性的深度思考和理性省察。诗人站在明处、暗处、高处、低处、接合部、突出部、回旋部、可见之处以及不可见之处，独白、对话和戏剧化的高音部、低音部时时交织，其所呈现的正是多重的视角和立体的话语方式，生与死、正义与罪恶、胜利与失败得以重新评估。壮美、雄沉、窒息、酷烈、残忍、沉寂、黑暗都同时出现在刘立云关于战争的长诗文本中，有时候真实和残酷性已经超越了作家想象力的极限。与此同时，这些长诗完整的结构和细部的纹理彼此呼应、相得益彰。曾经抽象的一个个死亡的数字被还原为活生生的肉体和无名的个体，高密度的意象和词语犹如子弹和炮弹呼啸、鸣叫、爆裂，尤其是那些死亡的酷烈细节让我们也经历了一次次的死亡，一次次的惊悸、撕裂和迸飞。在刘立云这里，生命能力、现实观照和历史发掘三者之间应该是同构的，无名、无言、无状都是在语言内部来得以澄清和揭示，这是为黑暗中历史时间重新打开一扇窗户：

你们看不见我，我无处不在 / 就像隐形的根深植于大地的腹部 / 就像行走在阳光下的影子 / 但我比影子澄澈，明亮 / 闪烁着黄铜的光芒 / 你们看不见我，你们看见的 / 只是偶尔的一道闪电（《黄土岭》）

对于“历史之诗”而言，最为重要的是为什么要写这样一首诗？它的出发点、立足点以及与众不同之处在哪里？归结到一点，这是历史时间和生命时间以及求真意志的同时降临与相遇，它们激活和碰撞出来的场景以及词语本身更具有长效的生命力和活力。这是人与历史的重逢，是词语和时间的交锋。这也是个体时间在现实时间和历史之间的交互往返，它们涉及的是一个时间节点或者时代空间的可见之物和不可见之物，是时间和空间的贯通，是立足于个人但又最终超越了个人的对瞬间和过往以及未来的彼此对视，是真切和恍惚交相融会的“命运交响曲”，是时间的凛凛挽歌。如果在关于战争题材的写作中我们寻求一首终极之诗的话，刘立云的长诗《上甘岭》已经具备了诸多元素，它展现了一个诗人几乎所有的诗里诗外的能力，而以往相关的诗都是在为这首“终极之诗”做准备工作。对历史和战争以及个人的重新翻检实则需要一个诗人具备精神能力和思想能力以及与此对应的词语能力、细部处理能力、整体构造能力以及个人化的历史想象力，只有对历史、战争以及诗歌自身有着极其完备而独特的认知者才能在相关写作实践中有所作为。

如果关注刘立云长诗之外的文本，我们会发现他不断通过诗歌进行精神辨认与时间激活，这一过程既是面向自我的内窥镜（比如《界限：五十岁献诗》《十年中的某一年》《水底的一枚硬币》《在镜子里走失的人》《六月的鼹鼠》《从前的一场雨》《四十二年那么厚的一种钢铁》）也是辐射到外部空间和整体场域的后视镜和放大镜、望远镜，在内里上它们共同构成了个体精神史。这是个体效应、时间效应、当代效应（时代效应）和历史效应的同频共振，是个人精神史和浮世绘效果史的同步，而这同样是验证诗人眼光和胸襟的过程，“看见它，你必须长出第三只眼睛”（《瓷，或者赞美》）。拥有了“第三只眼”，世界变得不同，而对诗歌的认知自然也会一针见血、直抵核心，“无需更多，诗歌只需要一行 / 我就能看见你的骨头”（《眼睛里有毒》）。一个写作者与现实和时代的共生与命名关系是复杂的，诗人应该既能够深陷其中感知冷暖又应该作为清醒自持的观察者，进而完成由表及里的层层揭示，甚至这还需要诗人具备一定的思想能力，比如《经济时代的战争》《中产阶级的审慎权利》《陪一个大姐去南方寻找父亲》《雪山上的三匹狗》《核殇：切尔诺贝利》这样的诗就是如此。诗人应该具有打通个人和现实、此刻和历史以及未来的能力，比如《海边的铁》这首诗：

那个早晨我为什么走进海边的那片荒地 / 如今我怎么也想不起来 / 我能想起来的是 / 我看见了那些残损的发电机、铁壳船、变压器，扭曲的 / 轮毂、脚手架上报废的铁管和铁头…… // 它们无精打采地堆在那里，正在集体锈蚀 / 和腐烂，像许多年前的一场雪 / 越下越深 / 连青草都敢踩着它们，噼里啪啦地往上长 // 海边的铁！我看见大海用牙齿咬住它们 / 有如用一拨拨海浪咬住礁石，不舍昼夜。

而随着时光的无情消散，一个写作者会越来越倾心于自我审视，精神化的向内挖掘在近期刘立云的诗歌中表现得非常突出：

昨天。我看见一个人在镜子里走失了 / 我失声喊他，他迟缓地回过头 / 像望着陌生人那样望着我 / 那意思我懂了：你喊谁？你认识的 / 那个人，与我有关系吗？ / 然后他不给我任何解释的机会 / 独自走了，扔下我站在镜子前目瞪口呆 / 而他走得那么决绝，那么义无 / 反顾，瘦削的肩膀一耸一耸的 / 此时枯黄的落叶飘了下来 / 天空在他的头顶打了一个很大的喷嚏（《在镜子里走失的人》）

自我成了自我的陌生人，在此境遇下诗歌和摄影一样都成了名副其实的“挽歌”艺术，诗歌在一定程度上还成了病理的切片，成为一个人主动或被动进行的自我教育诗：

许多年又许多年后，我老了，在城市的雨中 / 我发现每一张回头的脸，都似曾相识（《从前的一场雨》）

刘立云的诗歌总是能够在一个物象和意象那里投注更多的凝视、省思和剖析，这一过程会穷尽一个诗人的想象极限，也使得一首诗具有了诸多的可能性。在同时代诗人中刘立云诗歌的精神能力甚至思想能力都非常突出，正是精神和词语的双重求真意志使得一个诗人从生活的水底上升到水面来换气：

当它某一天浮出水面，一座大海就将溢出来（《鲸》）

诗歌是最能够揭示一个写作者的精神能力和灵魂底色的，这正是一个诗人的精神肖像：

恺郁而苍茫的灵魂，可以读作胆汁 / 汗血，良心，我们这个时代失传已久的解药（《钻石》）

与此同时诗人总会以“元诗”的方式揭示一个写作者的诗学观念、语言意识、本体认知以及诗歌功能，这几乎构成了一部关于诗歌的永动机：

劳动！我是这样想的。当我 / 弯下腰去，用渐渐枯瘦的手指 / 挖掘和种植，榨干生命中的 / 铁和盐粒，滋养诗歌的根系 / 这是我的天性；不管未来的花朵 / 将被谁摘去，将戴在谁的头上（《境界》）

3

近期我还集中阅读了《民族文学》在一年内所发表的少数民族诗人的诗作，我觉得可以来谈谈其中的现象和问题。

《民族文学》在2019年一共刊发了70多位诗人的数百首诗作，其中有长诗、组诗以及抒情短诗，有自由体、民歌体和半格律体，涉及藏族、维吾尔族、鄂温克族、塔吉克族、满族、蒙古族、哈尼族、纳西族、锡伯族、仫佬族、土家族、白族、苗族、壮族、侗族、回族、傣族、彝族、羌族、布依族、土族等二十多个民族。

谈论少数民族诗歌人们往往会强调其地域性、民族性、异质性以及集体无意识形成的传统等等，但我们也应该注意到少数民族诗人在抒写本民族的文化和现实的过程中也存在着表层、浮泛、刻板、符号化的现象。正如吉狄马加所强调的：“诗歌虽然具有其自身的特点和属性，但写作者不可能离开滋养他的文化对他的影响，特别是在这样一个全球化的背景下，同质化成了一种不可抗拒的趋势”：“与20世纪中叶许多伟大的诗人相比较，今天的诗人无论是在精神格局，还是在见证时代生活方面，都显得日趋式微，这其中有诗人自身的原因，也有社会生存环境被解构更加碎片化的因素，当下的诗人最缺少的还是荷尔德林式的，对形而上的精神星空的叩问和烛照。具有深刻的人类意识，一直是评价一个诗人是否具有道德高度的重要尺码。”（《个人身份 · 群体声音 · 人类意识——在剑桥大学国王学院徐志摩诗歌艺术节论坛上的演讲》）

这让我们再次想到了重要的诗学命题，尤其对于少数民族诗歌而言，诗歌既是个体的和民族的，又是世界的和人类的。而值得强调的是中国作为一个多民族国家并不缺乏对各民族的“母语”予以追念和书写的优秀诗人，从来不缺乏关涉宏大的“民族”指向和经由时代“大词”“大景观”所构成的民族史诗，也不缺乏具备思想能力和智性载力的“精神之诗”，不缺乏个人体温、生命的真切热度和生存体验之复杂的“个人之诗”。这多种向度的诗歌写作同时构成了少数民族诗歌景观的扇形展开和精神辐射。

对于少数民族诗歌而言，一定程度上，“少即是多”。“少”是指具备少数民族身份的写作者，而“多”则是多样的民族文化和差异性的诗学面貌以及写作向度的多种可能性。而从诗歌的本体依据来说，诗歌的秘密或者法则正是“以小博大”“以少胜多”。而真正的诗歌应该能够在“少数人的写作”与“多数人的阅读”之间取得有效的平衡。这些“少数者”首先要面对的就是时代和社会现实，当然更重要的是现实境遇对诗人的精神事实的影响以及诗人对现实的文本观照。在全球化和城市化的时代少数民族诗人的责任在于使得个体生存、“少数”基因、母语、文化传统、历史序列在当代语境中得以持续发展和有效赓续。真正的诗人能够将民族性、宗教、哲理、玄思、文化和生命、现实、时代、历史的两条血脉贯通，能够避免诗歌眼界的狭隘性，从而更具有打开和容留的开放质地以及更为宽广、深邃的诗学空间。

通过此次阅读，我发现很多少数民族诗歌写作无论是在精神型构、情绪基调、母题意识还是在语言方式、修辞策略、抒写特征以及想象空间上，它们的基调始终是对生存、生命、文化、历史、宗教、民族、信仰甚至诗歌自身的敬畏态度和探询的精神姿态，很多诗句都通向了遥远的本源性写作的源头。这无疑使得他们的诗歌在共时的阅读参照中更能打动读者，因为这种基本的情绪，关于诗歌的、语言的和经验的都是人类所共有的。这种本源性质的精神象征和相应的语言方式在一定程度上带有向民族、传统和母语致敬和持守的意味。这也是一个个少数民族诗人的“梦想”。而任何一个民族和部落以及个体所面对的诸多问题都是共时性的，打开了面向生存、世界、历史、文化、族群和人类的尽可能宽远的文化空间和诗性愿景。在民族文化的精神坐标上，少数民族诗歌中的意象谱系基本可以分为两个向度。“向上”的是天空、雪山、高原、寺庙、高塔；“向下”的是大地、草原、丛林、河流、居所。这两个维度的意象实则是一体同构的。对于精神维度向上的诗歌而言，宗教或类宗教的信仰和想象占据了中心位置，这也是对生命和生存的终极追问，比如仁谦才华（藏族）的《东大寺：空与不空》，比如凡姝的小长诗《天堂景象》：

偌大的园子里，高大的康济寺塔 / 静立。一个人站得太久了 / 比它更沉默的是不远处的大寺、罗山 / 略显突兀的你。幸好，幸好 / 由于暗，一些隐藏的与夜色无比和谐。

北野（满族）的诗歌尽管处理的也是草原和塞外的空间，但是他的诗歌更多的是个人经验和想象力对实有或虚拟化的历史空间和文化空间的深入介入和修辞化改造。质言之，这是经过了智性和个人化的历史想象力过滤之后的诗，从而更为开阔也更为深入，因为这一切都最终归拢到一个诗人的认知能力和修辞能力：

我在河边的阴影里，看着对岸 / 芦苇招摇，半明半昧 / 白鹳在它的深处建了一个新巢 / 取代旧巢的，是水幕里 / 一盏雪亮的探灯 / 虹光流入河水，星空泛起无语的漩涡 / 宫门今夜早早关闭 / 演皇帝的人，是一个阴阳脸青年 / 他在凉亭吃烤鱼，喝啤酒 / 脸上的油彩，浮起前朝的乌云”（《武烈河》）

随着加速度的城市化进程对原生态地区和文化的影响，随着现代性时间对传统的地方性时间和农耕时间的挤压，少数民族写作也遇到了不小的挑战——这种挑战既是现实层面的也是诗学层面的。在当下诗人仍能葆有“少数者”的身份和精神方式以及写作方向就显得更加重要，而且更富于文化诗学的启示性寓意。在此语境之下谈论《民族文学》2019 年发表的诗歌作品就具有了强烈的现实意义。空间秩序和时间伦理都发生了巨大的变化，相应的，人们的生存境遇、处世态度以及诗人的眼光也必然发生调整。在世界时间和全球化图景中诗人的眼界是什么样的？通过想象和修辞打开时空或者通过现代化工具压缩时空，诗人对待现实、历史和世界的态度是什么？这是包括少数民族诗人在内的写作者们要共同回答和应对的现实问题和诗学问题。从诗歌空间来看，现在的少数民族诗人越来越呈现出开放的姿态，本土空间、城市空间和异域空间同时在现代性进程中进入诗人的视野，而从精神向度和思想载力来说这些诗歌也更具有对话性和容留空间。阿顿 · 华多太（藏族）在组诗《白俄罗斯行纪》中通过地方空间、世界时间重新面对了历史和现实，可贵的是诗人对历史保持了个人化的想象力。当然，我们还必须注意到从原乡意识出发的很多诗人仍然在诗歌中承担了过去时的记忆者和历史时态的考古挖掘者的身份。这不只是一种现代境遇中的故乡情结，而更多是观照个体存在以及整个世界的态度和方式。空间的景观化与边地文化（地缘文化）抒写成为少数民族诗人的共性追求，空间的新奇化、陌生化成为很多写作者的诉求。诗人与空间的互动有着相当悠久的历史，而对于已经被符号化、消费化的空间而言，今天的少数民族诗人该从怎样的角度，以怎样的行走方式，重新去发现边地生活仍是一个值得分析和反思的话题。从这个层面，诗人应回到写作的原发点，回到个人经验和生命体验上来，要尽可能地避免套路化的边地写作。由此，我想到了吉狄马加的一句诗：“如果没有大凉山和我的民族 / 就不会有我这个诗人”（《致自己》）。

“出生地”对于少数民族诗人而言已不只是单纯的地理概念，而是精神坐标和命运的胎记，尤其是在流寓时代诗歌空间就必然承担起精神载力和现实感。冯娜（白族）的《出生地》《云南的声响》让我有一种阅读的震惊和陌生，这来自于诗人为我们提供的陌生而又动情的既真实又想象的复合空间结构。这一空间既指向了遥远的过去又同时抵达了此时代的生存现场和存在境遇：

人们总向我提起我的出生地 / 一个高寒的、山茶花和松林一样多的

藏区 / 它教给我的藏语，我已经忘记 / 它教给我的高音，至今我还没有唱出 / 那音色，像坚实的松果一直埋在某处 / 夏天有麂子 / 冬天有火塘 / 当地人狩猎、采蜜、种植耐寒的苦荞 / 火葬，是我最熟悉的丧礼 / 我们不过问死神家里的事 / 也不过问星子落进深坳的事 // 他们教会我一些技艺， / 是为了让我终生不去使用它们 / 我离开他们 / 是为了不让他们先离开我 / 他们还说，人应像火焰一样去爱 / 是为了灰烬不必复燃（《出生地》）

满族诗人赵子德的诗歌声调是比较低沉的，正如一个人坐在故乡的山顶，他对眼前一切的瞭望都是为了重新找回另一个久违的我。一个诗人用孤独来填充孤独，用劝慰完成对夜晚的泅渡，也是温暖之光在诗歌中的照彻。彝族诗人阿炉·芦根则在《龙吟寺想起妈妈》《招魂》《哭嫁歌》《八斗村的遥望》中对家族、故乡的生命结构和文化空间进行了重新的抒写，这也是个体的精神成长历程。白族诗人何永飞则在小长诗《滇西安魂曲》和《扛着群山奔跑》中抒写了地方志和风物记，同时又凸显为时光书和安魂曲。石才夫（壮族）的枧河，锁鹏（回族）的北闸，弦河（仫佬族）的翁子沟，藏族诗人完玛央金的古雅川，它们都是诗人建立的一个个精神坐标空间。在彝族诗人阿卓务林的组诗《万格山条约》中我目睹了一个诗人与故乡的约守。阿卓务林的诗越来越安静，越来越自足，内敛和辐射的情感方向和观察世界的角度同时出现在他的诗歌中。他既可以为"针尖麦芒"般的细节予以擦亮，也可以对茫茫湖水、莽莽群山发出赤子般的叩访。尤其是其诗歌中出现的火光，那些夜晚中的火镰、火绒草和圣火在体现出民族特性的同时也携带了诗人对繁复的现代生活的省思和检视：

我占据有利位置，占卜未来 / 那毫无预兆的明天。而幸福或灾难 / 谁也不知道什么时候从什么方向 / 突然改变谁盲目的行程。那燃烧了 / 一亿次的夜晚，它的火镰 / 也必将生锈，质地多好的火绒草 / 再无法把它唤醒、点燃（《祖先的火镰》）

诗人应该尽可能地去除地方性知识的惯性影响，在词与物的彼此校正以及求真意志中对时间和空间予以精神现象学层面的还原。这既是此在的命名和发现，也是对彼岸和不可见之物的叩访。其间既有诘问和对话，也有化解和劝慰。从综合角度考量，诗歌对于少数民族写作者而言既是精神胎记又是词语道义和精神法则。

时间简直太快了，2019 年已经过去了，2019 年的《诗收获》也在四本厚厚的纸卷中与这个时代的诗人和诗歌进行着特殊的对话。无论是温暖的还是冷峻的，我最喜欢的仍然是大雪飘飞之际一个诗人所轻轻说出的——“你的诗温馨明亮如冰雪下的溪流”。

2019 年 12 月，北京，雪后

图书在版编目（C I P）数据

诗收获.2019年.冬之卷/ 雷平阳，李少君主编
. -- 武汉 ：长江文艺出版社， 2020.5
ISBN 978-7-5702-1495-2

Ⅰ. ①诗… Ⅱ. ①雷…②李… Ⅲ. ①诗集－中国－当代 Ⅳ. ①I227

中国版本图书馆 CIP 数据核字(2020)第 060468 号

策　　划：沉　河
责任编辑：谈　骁　　责任校对：毛　娟
装帧设计：马　滨　　责任印制：邱　莉　王光兴

出版：长江出版传媒　长江文艺出版社
地址：武汉市雄楚大街 268 号　　邮编：430070
发行：长江文艺出版社
http://www.cjlap.com
印刷：武汉市籍缘印刷厂

开本：720 毫米×1020 毫米　1/16　　印张：18.5　　插页：2 页
版次：2020 年 5 月第 1 版　　2020 年 5 月第 1 次印刷
行数：7459 行

定价：45.00 元